JN037489

億万長者は天使にひれ伏す

リン・グレアム 作
八坂よしみ 訳

ハーレクイン・ロマンス
東京・ロンドン・トロント・パリ・ニューヨーク・アムステルダム
ハンブルク・ストックホルム・ミラノ・シドニー・マドリッド・ワルシャワ
ブダペスト・リオデジャネイロ・ルクセンブルク・フリブール・ムンバイ

TWO SECRETS TO SHOCK THE ITALIAN

by Lynne Graham

Copyright © 2024 by Lynne Graham

All rights reserved including the right of reproduction in whole or in part in any form. This edition is published by arrangement with Harlequin Enterprises ULC.

® and ™ are trademarks owned and used by the trademark owner and/or its licensee. Trademarks marked with ® are registered in Japan and in other countries.

All characters in this book are fictitious. Any resemblance to actual persons, living or dead, is purely coincidental.

Published by Harlequin Japan,
a Division of K.K. HarperCollins Japan, 2024

リン・グレアム

北アイルランド出身。10代のころからロマンス小説の熱心な読者で、初めて自分で書いたのは15歳のとき。大学で法律を学び、卒業後に14歳のときからの恋人と結婚。この結婚は一度破綻したが、数年後、同じ男性と恋に落ちて再婚するという経歴の持ち主。小説を書くアイデアは、自分の想像力とこれまでの経験から得ることがほとんどで、彼女自身、今でも自家用機に乗った億万長者にさらわれることを夢見ていると話す。

主要登場人物

スカーレット・ウォーカー……小学校教師。
ローマ、アリス……スカーレットの双子の息子と娘。
ルーク・ウォーカー……スカーレットの亡夫。
イーディス・ウォーカー……スカーレットの義母。ルークの母親。
トム・ウォーカー……スカーレットの義父。ルークの父親。
ブリー……スカーレットの親友。
アリスティド・アンジェリコ……〈アンジェリコ・テクノロジーズ〉の最高経営責任者。
エリザベッタ・アンジェリコ……アリスティドの母親。
リッカルド・アンジェリコ……アリスティドの父親。
ダニエーレ……アリスティドの双子の弟。故人。
コゼッタ・リッチ……モデル。

1

〈アンジェリコ・テクノロジーズ〉の創業者にして、かつては名うてのプレイボーイだった億万長者のアリスティド・アンジェリコはルーク・ウォーカーの追悼式に向かう道中、リムジンの背もたれに体を預けた。百九十三センチの筋肉質でしなやかなアスリート並みの体格、乱れた黒い巻き毛、明るい緑の瞳、そして目を見張るほど端整な顔立ち。

そんなアリスティドはもっかの自分の行動を疑問に思っていた。

〝なぜわざわざ足を運ばれるんですか？〟今朝も秘書が彼に何気なく尋ねてきた。〝あの社員とは面識もないのに〟

果たして、その答えは？

アリスティドは紛れもなく純粋な好奇心から参列するのだ。正社員として働き始めた初日に自転車で通勤中、罪のない男が交通渋滞に巻きこまれて命を落とした事件は皮肉にもニュースになった。その記事の写真を目にしたアリスティドは愕然《がくぜん》とした。

とはいえ、亡き夫の棺《ひつぎ》の前で涙に暮れる元恋人の姿が見たいわけではない。すべて芝居で、彼女の情の深さなど水たまり程度しかないのだから。そこで葬儀を避け、こうして追悼式に出席することにしたのだ。

スカーレット・ピアソンという無邪気に瞳を輝かせた小学校教師と深い仲になってから一年近く、アリスティドは彼女のことなら何でも知りつくしていると思いこんでいた。ところがまったくもって驚いたことに、相手が小柄な赤毛の美女だと、世の大半の男性と同じく愚かな信頼を寄せてしまうと悟るはめになったのだ。アリスティドは皮肉っぽく思い返した。どういうわけか音信不通になってから数週間もしないうちに、スカーレットがルーク・ウォーカーとの結婚の報告を卑怯《ひきょう》にもメールで知らせてきたときには仰天してしまった。幼なじみの親友のルークとはどこまでも純粋でプラトニックな関係だと、彼女は繰り返し明言していたのだから。

　あんな女性を信用したなんてまぬけにもほどがある！　これまで傷つくまいとあらゆる予防策を講じたにもかかわらず、アリスティドも祖父や父、亡き双子の弟ダニエーレ同様、女性のせいで大馬鹿者に成り下がってしまったのだ。アンジェリコ家の男性陣は、こと女性関係となると全戦全敗だった。アリスティドは十代のころに真剣な交際はしないと胸に誓い、その決意を何年も守り続けてきた。まさに若さと無知ゆえの無責任な黄金時代だ。今ではそう呼んでいる。まだ二十九歳だが、十八歳のときには母親のような薄情な女や、不運な弟みたいに浮気を繰り返す金目当ての女に将来を捧《ささ》げたりしないと心に決めていた。

　それが今や世界がひっくり返りそうになっている。アリスティドは険しい顔で認めた。彼に結婚制度を受け入れる心の準備ができる何年も前から、母親は縁談を勧めては圧力をかけてくる。なぜ僕が母の言うことに耳を貸すんだ？　あいにくと母親の不愉快な性格に理解を示してもっとやさしくしてほしいというのが、ダニエーレから兄への最後の悲痛な願いだった。どだい無理な注文だが、アリスティドは亡き双子の弟の思い出に敬意を払い、母の悲劇的な過去に免じて寛大であろうと努めていた。

〝家族のために〟とダニエーレが訴え続けた。双子の弟にとっては家族がすべてだったのだ……。だが残念ながら、アリスティドはそこまで家族に重きを置いていない。

家族の行事に出席するたび花嫁候補を紹介されても、アリスティドの計画では五十代になるまで独身を貫くつもりだ。そのときようやく、次世代をはぐくむため結婚する。完璧な候補者に心当たりはないが、そもそも完璧な女性が存在するとは思っていない。とはいえ、妻に望ましい基準はすでに考えてある。彼の妻たるもの、美しくそれなりに裕福で、母性にあふれた女性でなければならない。中でも最後の条件は絶対譲れない。冷たく厳しい母親のもとで育つのがどんな生活か誰よりもよく知る身としては。

「疲れきった顔ね」教会のホワイエで、義母イーディスがスカーレットの陰りを帯びた目を探るように見ながら同情のため息をついた。

「お義母《かあ》さんだって同じでしょう」スカーレットは悲しそうに指摘した。一年前の夫の急死が家族全員の心を引き裂いたのは重々承知だ。

通勤途中の自転車事故で亡くなったルークは事故のあと二カ月間、抜け殻同然の姿で床に臥していたが、その恐ろしい月日の間も、夫が昏睡《こんすい》状態から目覚めるという希望は無きに等しかった。最終的にスカーレットと義理の両親は、生命維持装置のスイッチを切ることに同意した。一人っ子で大事に育てられた夫は二十四歳にして会計士の資格を取ったばかりで前途洋々たる若者だった。それが瞬く間にこの世を去ってしまい、その現実は変えられなかった。

スカーレットは荒い息を吸いこんだ。

今や涙も涸れ果てている。昏睡状態のルークを見舞う数週間で、当初の悲嘆や絶望は徐々に消えていた。それにスカーレットは家族を失う経験がないわけではなかった。結婚後ほどなく養父母の一人を長患いで、もう一人を脳卒中で亡くしたのだ。天涯孤独となったスカーレットはルークと彼の両親がそばにいてくれていっそう感謝した。ルークのおかげで二親のいる仲むつまじい家庭を築けたのだ。ルークがいない今は自分の世界の土台が崩れた気がする。まだ幼児二人の子育て中だから、そんな気持ちを乗り越えなければならないとわかっていても。

　そのときつと意外な人物の姿が目に飛びこんできて、スカーレットは仰天した。ルークの両親と一緒に友人に順に挨拶していると、教会のドアに続く小道を元恋人が闊歩《かつぽ》してくるではないか。イタリアのデザイナー仕立てとしか思えない美しいダークスーツに身を包んだアリスティド・アンジェリコは、時の流れをまったく感じさせないほどエレガントだ。格別驚きもしない。アリスティドの心を動かすものなど何もないと、身をもって知っていたからだ。それにアリスティドと最後に会ってからまだ二年しかたっていない。でもその二年間は妊娠、結婚、双子の誕生、ルークを亡くしたあとの暗い新生活とめまぐるしかったものの、かつてアリスティドとともにした生活とはまるきり違っていた。

　日差しを受けて輝く黒い巻き毛は少し長すぎて、引きしまった驚くほどハンサムな顔の周りで乱れている。アリスティドは女性なら誰もが目も奪われる男性だ。彼の姿を見たとたん、何か質《たち》の悪い魔法をかけられたかのようにスカーレットの膝から力が抜けた。かつてアリスティドのとりこになったあげく、彼を失うのが怖くてたまらず傷つきやすくなった自分のいやな記憶までよみがえってきた。まさにその瞬間、不穏な回想の波に襲われた。自制心を取り戻すころには、アリスティドがイーディスの手を握り、ゴージャスな黒髪の頭を下げて丁重に悔やみの言葉をかけていた。次に自分の番になった……。

　スカーレットはダイヤモンドの刃さながらきらめくエメラルドグリーンの瞳としぶしぶ目を合わせた。彼の言葉を聞き取るどころかつかの間、手を握られたことすら気づかなかった。というのも、彼の燃え盛る視線に反感と軽蔑を骨の髄まで感じ取ったからだ。彼女の青白いハート形の顔は、まるでガスバーナーを向けられたかのように火照った。アリスティドがルークの父親のトムに話しかけようとしたのを機に、彼女は思わず一歩下がった。

　情熱的なカリスマ性を放つアリスティドのオーラにさらされてまだショックを受けていたスカーレットは、腕にかかるイーディスの手に促され、向き直って次の弔問客に挨拶した。それでも知力や意識、自制心をなおも失っているみたいだ。

　ふと思いだすのもはばかられる記憶がよみがえってきた。ジョギング中、足をくじいたときに笑顔で気遣ってくれたアリスティドは初対面でスカーレットを難なく魅了した。その日まで一目惚《ぼ》れが存在するとは信じていなかったのに、一瞬で彼に惹《ひ》かれ、その力は圧倒的だった。相手が何者で彼の富と地位が世間で何を意味するのか、それが自分に対する彼のあらゆる期待にどう影響するのか理解したときには、スカーレットはすでに深みにはまっていた。アリスティドへの愛ゆえに寛容になりすぎた彼女は、彼に失望させられても言い訳ばかりしていた。もうやめなさい。スカーレットは自分を叱咤《しった》した。今日はかけがえのない親友のルークにとって大事な日なのに、こんなことを考えるのはやめないと……。

　流れるような身のこなしで会衆席に腰をおろしたアリスティドは悲しみに暮れる未亡人の横顔に目を凝らした。磁器を思わせる透きとおった肌がすべてを物語っている。夫の死から一年たつにもかかわらず、未亡人の顔はまだ蒼白《そうはく》で、真っ青な目の下の黒い隈《くま》が痛々しい。艶めく肌が不細工なシニヨンにまとめた銅を思わせる濃い赤褐色の髪よりも輝いている。意外なことに、今もなお惨めな様子のスカーレットを見てもアリスティドは思ったほど喜べなかった。案外、僕は自分で思うよりやさしい人間なのだろうか？　いや。そうは思えない。

スカーレットを手放したのはあらゆる意味で幸運だったと改めて思う。遠くから彼女の生活を監視するようなまねはしなかったと言いたいところだが、誘惑に負けそうになったのは否定できない。だが好奇心は命取りだから、最終的には彼女が別の男とどんな新生活を歩むのか気にすることなく、ただ背を向けて前に進むほうがいいと心得ていた。

それでもアリスティドの胸の奥には、二年前に押しつぶしたはずの自分らしからぬ疑問が燃える溶岩さながら噴きだしていた。スカーレットはずっとルーク・ウォーカーを愛していたのだろうか？　親友の嫉妬心を刺激して女として見てもらうために僕をライバルに仕立てあげたのか？　それとも彼女はずっと僕をだましていたのだろうか？

だがスカーレットはバージンだった。アリスティドは恋人に期待を抱かせないように、その事実に気づいていることを悟らせなかった。女性に対してはそんなミスを犯さず、常に自分が提供できるものとできないものの線引きを明確にしていた。これまで出会った女性全員と同様、スカーレットも現状を受け入れていたとはいえ、その境界線には絶えず抵抗していた。高価な贈り物や休暇を拒否したどころか、国際的なビジネス帝国の最高経営責任者《CEO》である彼の責務が、彼女の庶民的な職業よりも優先されて当然だとはかたくなに認めなかった。実際のところ、なぜまだ一緒にいるのか不思議に思うくらいスカーレットはときに一筋縄では行かないところがあった。

それでもアリスティドは馬鹿ではなかった。スカーレット・ピアソン・ウォーカーに興味をそそられたのは、彼女に見捨てられたからだ。もちろんその事実は、かつて彼女にエベレスト並みに自尊心が高いと非難された男にとっては今もって腹立たしい。

スカーレットがなぜ他の男を選んだのかいぶかって当然だ。それ以上に複雑な話はない。

アリスティドは追悼式に続いて公民館での茶話会にも出席した。地元の教会やさまざまな団体で、青少年活動のボランティアとして活躍したルーク・ウォーカーを称《たた》える即興の弔辞を聞きながら、かつてないほど自分を場違いに感じていた。ルークはまさに完璧な男だ。

そんな好青年に憧れるスカーレットの姿は容易に想像がつき、どうにも癪《しゃく》に障った。つきあい始めのころ、よく似た慈善活動にスカーレットが自由な時間を残らず捧げているように見えたのを遅まきながら思いだした。ただ会いたいときにきみはいないとこぼすと、彼女は徐々に慈善活動を控えてくれた。ところが今ふとアリスティドはスカーレットのことをまったく知らなかったかのような不可解な気持ちにとらわれ、いろいろな意味で彼女が育った世界を認めようとしなかった自分に腹が立ってきた。安定して型にはまった保守的なその世界は、後ろ暗い秘密やドラマに彩られ機能不全に陥った彼自身の家庭とは正反対で理解しがたいものだったのだ。

アリスティドはあたたかな家庭や家族の支えというものを知らずに育った。長年にわたり、両親は常に憎みあっていた。不本意な結婚をして息子に無関心な父親と、唯一残ったわが子を溺愛する母親。一方アリスティドはそんな母を軽蔑して避けてきた。

そうした不愉快な事実はともかく、アンジェリコ家の家系を維持するためには団結と威厳を示し、義務を果たす必要がある。とはいえ、アリスティドが心から大切に思っていたのは六年前に自ら命を絶った双子の弟だけだ。明るく楽観的なダニエーレを失った世界は依然として殺伐としている気がしたが、スカーレットがそばにいる間はなぜかそんな殺伐とした感じも少し和らいでいた。

　人波を縫ってアリスティドが近づいてくると、スカーレットは凍りついた。ルークの両親と一緒に席についた彼女は、アリスティドの一挙手一投足を密《ひそ》かに観察していたのだ。人混みの中でも長身の彼は目を引き、高価な金の時計とカフスボタンがきらめく、完璧なビジネススーツ姿でひときわ目立っている。

　周りの人間と違って、アリスティド・アンジェリコはイタリアの富豪一族に生まれ落ちた瞬間から平凡という言葉とは無縁の存在だった。しかも信じられないほど容姿端麗だ。頭に浮かんだとたんそんな考えを抑えこみ、スカーレットはほかの考えに集中した。葬儀を欠席した彼がなぜ追悼式には出席したのだろうか。

　アリスティドはルークと数えきれないくらい顔を合わせたはずだが、彼女の親友に少しも興味を示さなかった。批判も干渉もしなかったとはいえ、やがて恋人に異性の親友がいるのをいやがっているのがわかった。そのころにはスカーレットも、鋭い視線に差す冷ややかな光や微妙な抑揚の違いでアリスティドの怒りを見分けられるようになっていたからだ。実際、別れるはるか前には彼の心を読むのがすっかり得意になっていた。

「少し話せるかな？」アリスティドがなめらかな口調で尋ねてきた。

　席を立つ際、スカーレットの足が少しふらついた。

「もちろん」義理の両親から離れてかたい声でつぶやく。「どうしてここに？」

「興味があったから」

　スカーレットを見おろしたアリスティドは、無地のワンピースからわずかにのぞく磁器のような肌をもっと見たいと思いつつも、そんな展開はないとわかっているだけに無性にいらだった。伏し目がちに、ふっくらとみずみずしい唇の曲線を眺めながら思わず彼女の甘い味を思いだしていた。

一瞬、稲妻さながら生々しい興奮が下半身に走り、彼は衝撃を受けた。不適切で間違っていて、自分らしくもない反応に高いプライドが傷ついた。僕はもうスカーレットを求めてなどいない！　過去に引き戻されて好ましくない記憶と結びついただけだ。アリスティドは断固として自分に言い聞かせた。だがもしかしたら、純粋な欲望に駆られるのがあまりに久しぶりのせいかもしれない。長らく女性とつきあっていなかったことを考えれば致し方ない。

「どうして気になるの？」スカーレットは心底驚いた様子だ。「何に興味があるの？」

めったに度を失ったりしないと自負するアリスティドに純粋な怒りの波が押し寄せてきた。もちろん、スカーレットは僕と駆け引きをしているのだ。だが僕には駆け引きに応じる以外に選択肢があるだろうか？

「なぜきみは出ていったんだ？」

スカーレットがサファイアブルーの目を見開き、驚きもあらわに彼を見つめ返した。「わかりきった話でしょう？」平然と答えると、別の弔問客に声をかけられてそっぽを向いた。

わかりきった話？　僕にとっては違う。僕は説明と決着を望んでいる。それだけだ。アリスティドは自分に念を押した。本当なら今ごろは、当時の残骸を捨てて前に進んでいるはずだったのに。ところがいくら忘れようとしても、スカーレットの面影がとげみたいに心に刺さったままだ。

追悼式に出席するべきではなかった。アリスティドは苦々しく認めた。どうやらまずいときに、まずい場所に来てしまったらしい。

スカーレットは疲れと緊張を感じつつようやく自分の席に戻った。イーディスが身を寄せてきてスカーレットの震える膝に手を添えた。「あの男性なのね？ うちの孫たちに生き写しだわ」

スカーレットはとっさに顔色を失った。その一方、両親に隠し事は禁物だと言い張ったルークがいかに賢明で先見の明があったか認めた。あのとき彼は同時に自分がゲイだと告白したのだ。

「そうね」スカーレットはきっぱりと答えた。なにしろオリーブ色の肌に黒い巻き毛、明るい緑の瞳のローマとアリスは父親のミニチュア版なのだから。

「一時間後に子供たちを連れて戻るわね」イーディスが電話でスカーレットに伝えた。「二人とも滑り台で遊んでいるところよ。お昼ご飯を食べたら家に帰って昼寝をさせるから、あなたも一休みできるでしょう」

「一休みしなくても大丈夫よ」スカーレットはありがたく思いながらもそっと指摘した。「今日は仕事じゃないから」

「雑用があれこれたまっているはずでしょ」

たしかに。スカーレットは胸の内で認めて、洗濯機から取りだした洗濯物を裏庭に運んで干した。疲れてはいるが、よく考えればルークが亡くなってからずっと体が重い。体のだるさは悲嘆の一部かもしれない。ルークのいない生活は前よりも厳しくて孤独だが、母子のアパートメントの上階が愛情あふれる祖父母の家でとても幸運だと思う。

ここ数週間、スカーレットは新卒で勤めていた小学校に復職していた。今のところはまだ非常勤だが、この夏を乗り越えたらフルタイム勤務に戻るかどうかの判断もつくだろう。幸いルークが亡くなったとき充分な保険に加入していたので、しばらくは子供たちと家で過ごす余裕もある。けれどももっかのところは、平常心を保つために仕事や他の大人との交流による刺激が必要だともわかっていた。

ウォーカー夫妻が広々とした一戸建ての家を二階建てのアパートメントに改築して一階に息子夫婦を招き入れたのは、幼い子供には屋外のスペースが必要だと配慮してくれたからだ。実際には二組の夫婦と双子は仲良く庭を共有しており、イーディスの夫のトムは会計事務所が休みの日は今でも気晴らしに庭の手入れをしている。

そのとき玄関のベルが鳴り、スカーレットは眉をひそめた。親友のブリーは仕事の日だから来客に心当たりがない。配達員だろうと当たりをつけてキッチンを出て狭い玄関ホールを通り抜け、笑顔で玄関のドアを開けた。

玄関先に立つ人物を見たとたん笑顔が凍りつき、慌てて一歩後ずさった。アリスティドだ。ベールに包まれたような鋭い緑の目が、彼の突然の訪問に狼《ろう》狽《ばい》する彼女をじっと見つめている。「訪問予定だと電話で知らせたかったが、きみの現在の番号を知らなくて」

「アリスティド……」スカーレットは荒い息を吐いた。口が乾き、息苦しくて胸いっぱいに息を吸いこみたいのに喉が詰まったみたいだ。玄関にアリスティド・アンジェリコが立つ光景はパニック以外の何物でもない。

まずは双子が義母と外出中なのを感謝しつつも、次に居間のおもちゃを片づけたか心配になった。もちろん、あの部屋には子供たちの写真もある。アリスティドには外にいてもらうほうがいい。そう判断したスカーレットは狼狽で身をこわばらせながら新鮮な空気の中に足を踏みだして彼に近づいた。「ここで何をしているの？」かたい声で尋ねた。訪問の理由が何一つ思い浮かばない。

「玄関先での立ち話ですむ内容ではないな」アリス

ティドがそっけなく言いきった。

スカーレットは頬をピンク色に染めてしぶしぶ中に戻り、居間のドアを開けた。内心、育児グッズを片づけていますようにと祈るような気持ちだった。不安な目にきれいなフローリングの床が飛びこんできたのでほっと胸をなでおろし、アリスティドをちらりと見あげた。

自分よりもはるかに背が高い彼はそびえ立つようだ。身長百五十センチそこそこのスカーレットは裸《はだ》足《し》にはき古したジーンズとTシャツ姿で進んだ。ノーメイクで髪は夜明けにとかしたきりだ。

「前回きみと会ったときに質問をした。場所も時間も不適切だったのは謝るが、それでも答えが聞きたい」先に口を開いたアリスティドが単刀直入に言った。

スカーレットは耳を疑った。「もう二年になるのよ、アリスティド。なぜ今更そんな質問を？」

「何か問題でも？」黒檀《こくたん》のような眉がつりあがる。

「あなただって少々妙な話だと認めないと。当時は気にもせず、私を捜そうともしなかったのに」スカーレットはにべもなく一蹴して両脇で拳を固めた。「でも、たいした秘密じゃないわ。コゼッタ・リッチのせいよ。あなたがロンドンで彼女を同伴したフォーマルな大舞踏会。あなたはその話を私にせず、説明もしなかった。コゼッタのことでもう我慢の限界に達したの。私はとうていモデルや裕福な女相続人とは張りあえないし、張りあう気もなかったから」

「僕らがステディな関係だと言った覚えは一度もない――」

「そして、私たちは間違いなくステディな関係ではないとわかった瞬間、私は別れたくなったの」スカーレットは臆面もなく言いきった。

「きみは別れたくなったわけじゃない。親友と結婚したくなったのさ」無表情に言い放つアリスティドのエメラルドグリーンの目は的を射抜くナイフさながら危険だ。

「お望みどおり説明をしたわ」問答無用とばかりに言い返す。「もう帰って――」

「コゼッタ・リッチは」アリスティドが信じられないと言わんばかりの口調で繰り返した。「僕にとって何の意味もない存在だ――」

「私だって同じよ」その点を指摘しないほうがいいとわかっていたのに口が滑ってしまった。あのメールのあと彼からの連絡が途絶えたとき、スカーレットは苦もなくその事実を理解したのだ。アリスティドは彼女のために闘うどころか対立も口論もせず、ただあっさりと手放したのだから。

「コゼッタは友人でそれ以上の関係ではなかった。一族の慈善団体が主催する資金調達パーティーに母が僕のパートナーとして招待したんだ――」

スカーレットは疑わしげにきれいな眉を片方つりあげた。「あなたがノーと言えなかったみたいな言い方ね！　さあ、出ていって」弱々しい声で促し、玄関ホールに戻ってドアを開けた。

その仕草の意味に気づきながらもアリスティドは玄関先で急に立ちどまり、不信感もあらわに息巻いた。「本気で言おうとしているのか？　舞踏会に誘われなかったからシンデレラは逃げだして他の男と結婚したと？」

怒りで顔を真っ赤にしたスカーレットは彼の鼻先でドアをたたきつけるように閉めると、足を踏み鳴らしてキッチンに戻った。アリスティドに言いたいことならどっさりあるし、自分がその選択をした正当な理由も山ほどあるから、実際に話し始めたら彼は突っ立ったまま真夜中まで延々と耳を傾けるはめになっただろう。もっともこちらには話す義務は何一つない！

　実際のところ、アリスティドには大きな貸しがある。望まぬ子供や未婚の父の噂《うわさ》が広まって、彼を社会的スキャンダルに巻きこむこともなかったのだから。アンジェリコ家、特にアリスティドはヨーロッパの新聞の社公欄では常連で、その一挙一動が世間の注目の的だ。

　一方スカーレットはアリスティドや上流階級の生家にはふさわしくないお相手だった。交際中アリスティドは彼女を家族に近づけないようにしていた。彼の母親がパーティーでスカーレットを捜しだし、労働者階級の出で実の親の顔もわからない養子の分際のくせに、と冷酷に嘲笑するまでは。エリザベッタ・アンジェリコの目に映るスカーレットは最下層の人間で、息子の一時の浮気相手でしかないといやというほど思い知らされた。

　実を言うと、スカーレットは生みの親が誰かずいぶん前から知っていた。当時、学生だった両親は出産後すぐ彼女を養子に出したあと幸せな生活を送っていた。スカーレットが十八歳のときに会った実の母親はファッション業界でキャリアを積む高給取りで、手放した娘との関係には無関心も同然だった。実父のほうは二十代の若さでバイク事故で亡くなっていた。かくして新たな家族とのつながりを密かに切望していたスカーレットだったが、始まりとどもに行きづまってしまったのだ。しかもその結果、自分と愛する養父母との共通点はゼロという事実が浮き彫りになってしまった。

　明けて次の週、アリスティドはスカーレットの家に舞い戻った。彼女にもう一度会いたいという誘惑に勝てない自分にいらだちつつも、彼女に触発された好奇心を満たしたくてたまらず、と同時に立ち去りたいという気持ちも負けないほど強かった。ノッカーをたたくと足音が近づいてきて、ドアを開けたのは金髪でほっそりした年配の女性だった。スカーレットの義母は意外にも歓迎の笑みを浮かべた。

「ようこそ、ミスター・アンジェリコ。スカーレットは仕事中ですが、今日はあと十五分で終わります」

幼子が女性の脚にしがみつき、さらにもう一人が反対側の脚にしがみついた。小さな顔が二つ上を向き、興味津々の目でアリスティドを見あげている。目の前の二人組の顔には奇妙なほど見覚えがあった。

アリスティドが眉をひそめつつ、スカーレットの勤め先と迎えに行く旨を知らせるため電話番号も教えてほしいと頼むと、すんなり答えをもらえた。彼がスカーレットの顔見知り以上の存在だという意識は皆無らしく、そのせいでなぜかいらだった。とはいえ、数カ月前からいらいらして落ち着きのない自分に苦しんでいるうえ、衝動的な反応が多いのも自覚している。規律正しく感情的にならない男にとって、そんな自制心の欠如は我慢ならなかった。

リムジンに戻り、運転手に学校へ向かうよう指示を出したアリスティドはぼんやりとさっきの子供二人が誰の子なのか考えつつ、スカーレットにショートメールを送った。スカーレットの職場が今も同じ学校のうえ、義理の両親と同居という事実にも驚いていた。彼女はアリスティドのライフスタイルを拒否して贈り物さえも拒絶し、立ち去る際には贈られた品をすべて残していった。ところがどう見ても、ルーク・ウォーカーとその家族は彼女が人生で望んだものらしい。そう考えただけで、いつもながら神経を逆なでされた。

以前こんなふうに学校まで迎えに行ったときはリムジンが人目を集めてしまい、スカーレットはやけに恥ずかしがっていた。もっとも数週間後にアリスティドがフェラーリで迎えに行くと、それ以上にいやがっていたが。もっか彼は車内に座ったまま、歩道を近づいてくるスカーレットを見守っていた。華《きゃ》奢《しゃ》な肩に羽織ったベージュのレインコートの下に、輪をかけて平凡な茶色のスカートとトップスという出《い》で立ちだ。アップにした銅色の髪からほつれ毛がこぼれ、顔が紅潮している。もっともブランド物の服で着飾らせれば小柄とはいえ、スカーレットが人目を引くのは間違いなしだ。アリスティドは二週間後に開催予定の三十歳の誕生日パーティーで、彼女にパートナーを頼めないのは残念だと思わずにいられなかった。

　両親にはパーティーの開催を頼むどころか、望んでもいなかった。欠席も考えたが、それだと社交的な母親に友人や親戚の前で恥をかかせてしまう。

　亡き双子の弟の言葉を借りれば、欠席という選択肢はむごい仕打ちなので歯を食いしばって出席することにしたのだ。ただスカーレットが息子と元の鞘《さや》におさまったと知ったら母親は怒り狂って、自分にとっては楽しい夕べになるだろう。それにスカーレットがいれば、結婚願望をいだく女性陣の盾になってくれる。なぜスカーレットに頼まないんだ？　アリスティドはそう考えた。またベッドに誘うわけでもあるまいし。

　スカーレットは豪勢な車をさっさと出してもらってみんなの詮索の目をさえぎりたいがあまり、リムジンの後部座席に滑りこんだ。アリスティドはもちろん、自分を驚かせるための画策が腹に据えかねた。アリスティドの行動を予測したり、挑戦されたときの彼の能力を過小評価したりするのは常に間違いだ。でも自分の場合は挑戦どころか、彼の興味や不快な好奇心を再びかき立てるようなこともしていないのに！

「いったいここで何を？」

　アリスティドのほうを向いて問いつめたとたん、

並外れた存在感に雪崩よろしくのみこまれそうになった。ブロンズ色のなめらかな肌と清水のように澄んだ明るい緑の瞳、鋭い頬骨、無精ひげで黒ずんだがっしりした顎の線に大きく官能的な口。いつ見てもほれぼれするが、久しぶりに突然目にすると息をのむほどすばらしい。

たった二年なのに。スカーレットは改めて自分をたしなめたが、彼に触れたいという圧倒されそうな欲望で最後に指先がうずいてから一生たったように思えた。

絹を思わせる黒い巻き毛を指に絡め、黒っぽい眉の間に刻まれたしわをなめらかにして、匂い立つほど男らしいセクシーな唇をなぞりたい。久々にアリスティドのそばにいると、罪深い切望で心が揺さぶられた。

「きみの忘れ物があって――」

「郵送して」スカーレットはかたい声で突っぱねた。

「きみにとって大切なものだから危険を冒したくなかったんだ」アリスティドがゆっくりと話す。

陰りを帯びた低い声が彼女の背筋を震わせてからさらに親密な領域へと伝わっていく。スカーレットは身震いして体をこわばらせた。たとえもうアリスティドを見ることは許されなくても、心の目にはまだ彼の姿が映っている。引きしまった力強い体の線を際立たせる上品な仕立てのスーツはなめらかな紫がかったグレーだ。ブロンズ色の喉元に映える白いシャツに、青いシルクのネクタイ。アリスティドが猫じゃらしなら自分は猫だ。そんな愚かなたとえまで浮かんできた。もう会話の続きなんて考えられない。頭の中が真っ白で、攻撃を待ち構えるかのように全身が身構えていた。

スカーレットを眺めていたアリスティドは、タイトスカートの中で細い脚を組み替えた拍子に絹のごとくなめらかな内腿が垣間見えて、思わずたじろぎそうになった。興奮で下腹部がうずいたものの、即座に否定して体を緊張させた。なぜスカーレットはあれほど神経質になっているのだろう？　なぜ僕を見ようともしないんだ？　なぜ僕の家に残した忘れ物が何かも尋ねなかったのか。そもそも、なぜ僕はそんな些細《ささい》なことに疑問を抱き、彼女はどこか具合でも悪いのかと気にしているんだ？　アリスティドはそんな自問を繰り返した。

　リムジンが自宅前に停車して、運転手が助手席のドアを開けてくれた。

　スカーレットが小首を傾《かし》げた。「私たちはどこにいるの？」戸惑った声でつぶやく。

「僕の家だ。昼飯でも食べながら話をして、きみを家まで送ってから会社に戻るよ」ごく当たり前な案でも話すみたいに、アリスティドは不自然なほど穏やかな口調でつぶやいた。

「話なんて何もないわ！」スカーレットが息をのんだ。

「きみはもっと驚くかもしれないぞ」アリスティドは冗談めかして言った。

　ところが一方、不意打ちが嫌いなスカーレットは心が石と化して沈みこんだ。なにしろ、アリスティドが何らかの方法で双子の存在を知ったか、少なくとも疑いを持った可能性は充分ある。ふらつく足でリムジンをおりた彼女は、あたかも外洋に浮かぶ船のように胸が波立ちながらも全神経を集中させた。

2

つきあっていた当時、アリスティドはアパートメントのペントハウスに住んでいたのに、今スカーレットの目の前にはロンドン一有名な庭園の広場に立つジョージアン様式の多層階タウンハウスがそびえていた。

「引っ越したの？」小声で尋ねて彼と一緒に階段をあがると、優雅な廊下に面した玄関ドアがすでに開いていた。

「もともとは祖父の屋敷で去年、祖父が亡くなったあと僕が相続したんだ」さらりと説明したアリスティドは、玄関で格調高い従者を思わせる黒っぽいジャケットを羽織った年配の男性の出迎えを受けた。

「ジェームズ……僕の客だ。ミズ・スカーレット・ピアソン――」

「ウォーカーよ」すかさず横やりを入れた。

「ミセス・ウォーカーだ」アリスティドがやけに冷たい声で訂正した。「女性が夫の名字を名乗るのをきみは好まないと思っていたよ」

スカーレットは顔を赤らめた。彼の言うとおりだ。妊娠したあと養母に〝ミス〟と呼ばれるたびたじろぐまでは、それが持論だった。けれどもその手の敬称は養父母にとってひときわ重要で、立派な夫もいないのに娘が妊娠したら、二人とも立腹して心を痛めただろう。そんな具合に窮地に陥った彼女に、ルークが救いの手を差しのべてくれたのだ。

「どうしてあなたとランチを？」あまりに壮麗な玄関ホールに怖《お》じ気づいて、スカーレットはささやいた。

アリスティドが肩をすくめた。「どうしてだめなんだ？　僕らは敵同士として別れたわけではないのだから」

　それは本当だ。最終的な対決も辛辣なやりとりもなかった。自分の話を裏付ける嘘《うそ》も必要と予想していたスカーレットはいざ嘘をつくとき、アリスティドの鋭敏で聡明《そうめい》な緑の目に射抜かれるのを覚悟してびくびくしていたくらいだ。ところが予想に反して、アリスティドは二度とスカーレットに会おうとはしなかった。黙って彼女を手放して、彼にとってはベッドの相手の一人にすぎない無意味な存在だと証明してみせたのだ。彼の無関心にスカーレットは打ちのめされた。無関心こそ、彼に求める態度だったとしても。

　上品なダイニングルームに通されたあと、彼女のコートをアリスティドが脱がせておつきの男性に渡すと食前酒が出てきた。最後にお酒を口にしたのがいつか思いだそうとしながら冷えた白ワインのグラスを受け取ったスカーレットは、鋭い視線でアリスティドを観察して何を求められているのか探ろうとした。どう見ても、私が彼の人生から去ると決めたときの不満のリストを求めているわけではないだろう。私を捜しだしたのには何か別の動機があるはずだ。アリスティドを出し抜くのは不可能だから緊張してしまう。

　そのままグラスを傾けていると、アリスティドが彼女の膝の上に古ぼけた小箱を置いた。スカーレットは驚いて目を瞬かせたがすぐにぴんと来て、急いで飲み物を置いて箱を開けた。果たして望みどおり、箱の中身は二十一歳の誕生日に両親から贈られた小粒真珠のイヤリングだった。〝本物の真珠よ〟当時、母親が誇らしげに強調したのが懐かしい。

「てっきり失くしたとばかり！」思わず喜びの声をあげていた。

「いや。きみが置いていったんだ。送ろうと思っていたのに、ここに越してくるまで忘れていて」言い添えながらもアリスティドは、スカーレットが置いていった残りの品に対して礼を言う可能性はないと思っていた。

おそらくスカーレットは僕のためにようやく身につけてくれた蜘蛛《くも》の巣並みに繊細な上質のランジェリーなど思いだしたくもないだろう。その手の下着を身につけた彼女の姿がどれほど目の保養になったか、本人は理解していなかった。なにしろ昼間やベッド以外の場所でのセックスのように、きわどい代物と考えていたせいだ。かつてスカーレットには何かと抑制が多く、アリスティドにとって彼女を完璧な恋人に作りあげるのは楽しい挑戦だった。二人の関係の先行きや、彼女の両親との大事な顔合わせはあるのかといった気まずい質問さえ避ければ、何カ月もの間スカーレットは申し分ない恋人だった。両親との顔合わせは彼女を失望させただけだろう。スカーレットの要求はさらに増えたが、アリスティドは多くを求めない女性とつきあったためしがなかった。まさかスカーレットがそれ以下で妥協するよりも彼との別れを選ぶとは。手遅れになるまで想像だにしなかったのだ。

もっか、そのスカーレットが金色の光に包まれた小さな陽《ひ》だまりに座っている。ティツィアーノの名画さながら髪がきらめき、頬を染めて彼にほほえみかけている。ちっぽけなイヤリングが戻ってきたのを喜んで。もちろん彼女はアリスティドに贈られたもっと大きくて高価なイヤリングも残していった。その記憶がよみがえり、思わずがっしりした顎の線を引きしめた。いや、他はともかく、スカーレットは金目当ての女ではなかった。彼女が突然自分の人生から姿を消したとき、その点はしぶしぶ認めていた。それで心が慰められたわけではないが。

「ありがとう」スカーレットが初めて純粋なあたたかみのある声で礼を言うと、かがんで大切な小箱をバッグにしまった。

「さあ、こっちに来て座るといい」アリスティドは彼女のために食卓の椅子を引きながら思い出にふけっていた。帰宅した彼を手料理で迎えてくれたスカーレット。他の女性は見せたことのない愛情で彼を包んでくれたスカーレット。ベッドで彼を見あげたときの幸せそうな笑顔。スカーレットはいつもとても幸せそうに見えていたのに何の前触れもなく別の男性との結婚を報告してきたので、アリスティドは打ちのめされてしまったのだ。

スカーレットは立ちあがり食卓についた。「何か私に会いたい理由でもあったの？」椅子の上でこわばったまま思い切って口火を切った。

ジェームズが戻ってきてベビーレタスをあしらった小さなキッシュを彼女の前に置いた。手をつけるのをためらうほど見事な出来栄えだ。口の中でとろけるペストリーを味わいながら、スカーレットはもの問いたげにアリスティドを見た。

「頼みがあるんだ」

わが子の話ではないかと身構えていたスカーレットは安堵《あんど》で肩の力を抜きながらも眉間にしわを寄せた。アリスティド・アンジェリコは人に頼み事などしない。他の人からは便宜を求められても、アリスティド自身はほぼ何も求めず、ほしいものがあれば金に糸目はつけなかった。

「頼み……私に？」驚いておうむ返しに尋ねた。

「二週間後に両親が僕の三十歳の誕生日パーティーを開くからパートナーが必要なんだ。きみが同行してくれるとありがたい」

唖然《あぜん》としたスカーレットは青い目を丸くして彼を見つめ返した。「本気なの？」

「大真面目さ」

「でも、なぜ私に？」

「きみはこの誘いに深い意味を読み取らないからさ」アリスティドがさらりと返した。「どこまでもプラトニックな誘いだ。基本的にきみは母が集めた花嫁志願者から僕を守ってくれるだろう。母は僕の結婚を熱望している……だが当の僕は急いでいない――」

「一度お会いしたときお母様の軽蔑は明らかだったから、私を誘わないほうが身のためよ」彼の誘いに応じる見込みもないのになぜわざわざそんな忠告をするのか不思議に思いつつも、あえて指摘した。

「いや。むしろそのせいできみはベストな選択肢なんだ」アリスティドが不敵な笑みを浮かべている。「母を困らせて波風が立ってもかまわない。きみが僕の人生に舞い戻ったせいで母はショックを受け、縁結びから手を引くだろう。少なくともしばらくの間は……」

スカーレットは気まずそうに肩をすくめて空になった皿を押しやった。「無理よ……」

「今学期はもう終わり、きみも休みに入る」アリスティドが冷静に食い下がった。「週末だけだ」

スカーレットは頬を桃色に染めながらなんとも皮肉だと思った。もう恋人でもないのに、今になってとうとうアリスティドに家族行事に誘われるなんて。彼の故郷はイタリアだが、一度だけ週末にローマへ連れていってもらった覚えがある。もちろん彼女が結婚指輪を夢見たりしないよう、彼は交際中に両親との社交を頼んだりしなかった。スカーレットがエリザベッタ・アンジェリコと会えたのは、好奇心に駆られた年配の婦人が息子の恋人を捜しだして面と向かって批判したせいだ。

「一緒に行けなくてごめんなさい」ローマとアリスの顔を思い浮かべてきっぱりと断った。母親として自分はもはや自由に動けない。しかもアリスティドとこれ以上一緒にいて、幼子二人の母親だとうっかり口走らずにいられるだろうか？

「よく考えてみてくれ。イタリアの日差しを浴びて一日半過ごすだけだ。むろん費用はすべてこちらでもつ」

　そのとき主菜が運ばれてきて、返事のタイミングを逸したスカーレットは料理に集中した。イヤリングが戻ったことには感謝していても、アリスティドとまた一緒に過ごしたいと思う理由が見当たらない。彼にはこっぴどく心を傷つけられた。自分にとってアリスティドは過ちで、過去に封じておいたほうがいい。とはいえ双子があれほどたくさんの幸福をもたらしてくれたのに、どうしてそれを過ちと思えるだろう？　スカーレットは自分をたしなめた。アリスティドがいなければローマもアリスも生まれていないのだから。

　アリスティドは、かつて好物だったチョコレートムースに一口しか口をつけずうつむいたスカーレットの頭を眺めていた。会話の糸口さえつかめず、無口なスカーレットを前にしていると交際当時、最後の数週間に彼女がいかに無口だったか思いだした。あのころの彼女はやけに静かで秘密主義だったと、のちのち思い返してはうんざりしたものだ。だがスカーレットが何を隠していたにせよ、彼のベッドに来るのを拒んだり、一緒に過ごすのをいやがったりしたわけではなかった。いや。彼女の予期せぬ不在が始まったのは最後の月だ。病気、家族行事、仕事のイベント、親戚や友人宅への訪問など言い訳の嵐だった。

「そろそろ行かないと」スカーレットがこわばった声でいとまごいをした。「今日は午後から義母《はは》と買い物に行く予定なの」

　アリスティドは歯を食いしばった。彼女の消極的な態度のせいでかえってもっと一緒にいたいという欲求に拍車がかかったにすぎないと気づき、お決まりの反応に腹が立った。

「たまには一休みしたほうがいい」小声でそっと促し、コーヒートレイを手にドア口で待つジェームズを手で追い払った。

思いがけず涙がスカーレットの目の奥を刺した。アリスティドの口調に思いやりを感じたせいだが、どこまでも表面的な気遣いにすぎない。何度かの手術のあと父親の癌《がん》が再発して泣いていた彼女を慰めてくれても、アリスティドは病院への見舞いも実家への訪問も一緒に行ってはくれなかった。彼はいつも注意して二人の関係が長続きするような言い方は極力避けていた。なるべく距離を置いて彼女を締めだし、自らの家族と過ごす時間がろくにない理由の説明さえ拒んでいた。

返事はするまいと決めたスカーレットは椅子から腰をあげてバッグをつかんだ。「仕事に戻らなくていいの？」必死の思いでささやくように尋ねた。

「スケジュールは自分で決める」アリスティドははじかれたように立ちあがると、彼女の火照った体をしっかりと抱きしめた心躍る思い出をさえぎった。その気もない獲物にあっさり惹《ひ》きつけられるほど敏感な自分にすっかり嫌気が差していた。

「あの人と一緒にイタリアに行くべきよ」イーディス・ウォーカーの勧めにスカーレットが狼狽《ろうばい》したのは、その日の夜のことだった。「ローマとアリスの件を告白する絶好の機会じゃないの」

スカーレットは義母の助言に唖然とした。「そんなふうに勧めるなんて信じられないわ」

「子供たちにもいつかは親子関係の真実を話さなければならないし、父親だって同じ情報を知る権利があるわ。いつまでも事実を無視できないでしょう」

年配の女性がしょんぼりとため息をついた。「悲しいけど、もうルークが傷つく心配もないし、ローマとアリスには父親がいない。ミスター・アンジェリコの双子への関心がほんのわずかでも、父親がいないよりはましに決まっているわ」

率直な意見にすっかり動揺して、スカーレットは青ざめた。

イーディスが安心させようと義娘の両手に手を重ねた。「息子が生きていたらこんな話はしないわ。ルークは父親業が大好きだったし。あなたたち二人にこういう助言をするのはもう何年か待ったでしょうね。でも万事変わって、あなたの元恋人が再登場した今、真実を話す時が来たと思う」

「アリスティドは知りたくないはずよ」

「もしそれが本当なら正直に話すほうがベストかもしれないわね。自分の立場がよくわかり、あなたは将来、わが子に適切なアドバイスもできるでしょう。ミスター・アンジェリコの頼みを聞いてあげれば、向こうもあなたに対して便宜を図るはずよ。友好的な関係を保つようになさい」イーディスが吐息をつく。「でも覚悟しておいてね。今になって双子の存在を聞かされた彼が激怒するのは目に見えているわ。あれほど恵まれた人生を歩む青年は不意打ちを食らうという感覚に慣れていないでしょうから」

その晩、スカーレットはあれこれ考えを巡らせながらベッドに入った。義母の言葉で思いだしたが、ルークの死はすべてを変えた。わが子にも知る権利があり、無視するのは間違っている。初めてそう認めざるをえなくなった。あの子たちは自分が何者なのか正確に知る資格がある。

将来、ローマとアリスはアリスティドや父方の親族を知りたいと思うだろうか？　二年前アリスティドに隠した秘密を告白すると考えただけで一瞬、胸が悪くなった。

でも私の秘密が彼にとって本当に重要なの？　アリスティドはこれまで子供にさしたる興味も示さず、子供への意見を語るのも渋っていた。少なくとも五十歳までは子孫を残したくないと口にしてはばからず、二人が出会う前の数年間で二度にわたって父子関係を争ったが、どちらも最終的には嘘だったとさりげなく話していたくらいだ。

　さらには避妊に関してもわずかなリスクも冒さなかった。いくら彼女がピルをのんでいても、彼なりに用心していた。アリスティドはどんな女性にも全幅の信頼を寄せていなかったのだ。スカーレットはいまだに双子をどうやって身ごもったのか、皆目見当もつかなかった。なにしろピルをのみ忘れたわけでも、病気になって避妊を妨げるような薬をのんだわけでもない。それでもある朝早く、気分が悪くて目が覚めたら悪い予感がしたのだ。予定外の妊娠だけでなく、そんな事態がアリスティドとの関係に及ぼす影響にもおびえてしまった。

　といっても、過去に縛られていたのでは自分のためにはならない。スカーレットは怖じ気づく前にベッドに腰かけて明かりをつけ、携帯電話に手をのばした。もしアリスティドに父親だと伝えるしかないなら、子供たちがそばにいないときのほうが楽なはずだ。それならイタリアで彼に伝えよう。その週末は、イーディスがトムと一緒に双子を預かると買ってでてくれている。

　スカーレットはアリスティドにメールを送った。

〈イタリアに行くわ〉

　遅くまで残業していたアリスティドは携帯電話を手に取ると、引きしまった浅黒い顔に満面の笑みを浮かべた。夜中の二時だというのにスカーレットは時間を忘れているに違いない。非常に心配性の女性だから僕の誘いについて考えてベッドで悶々《もんもん》としたあげく、最終的に一番心やさしい選択肢を選んだのだろう。ただ一度あの忘れられないメールを送ったときだけ、彼女は僕にやさしくもなく思いやりもなかった。アリスティドはもの悲しく思い返した。彼女のことならよく知っているだけに、横になって下唇をかみながら眉をへの字にした困り顔が目に浮かぶ。かつて別れる前のスカーレットは深夜に無言で何か気に病んでいる様子だった。アリスティドはふと考えた。スカーレットはいったい何を心配していたのだろう？

〈後悔はさせないよ〉

　スカーレットを後悔させるものか。アリスティドは胸に誓った。突然、過去の一件や彼女への幻滅にこだわる代わりに、無謀にも善意あふれる完璧な紳士になろうと決めた。スカーレットが生徒に読み聞かせていたお気に入りのおとぎ話に登場する愚かで完璧な騎士のように。アリスティドにとっては不運にも、そういう物語に親しんでいたせいでスカーレットには欠点のある普通の現代人を受け入れる心の準備ができていなかったのだ。今回は自分の母親を彼女に近づけないようにするだけでなく、もしコゼッタ・リッチが招待客リストに名を連ねていたらスカーレットの機嫌を損ねないようコゼッタとも距離を置くつもりだ。名案を思いついたアリスティドは気分が高揚してきた。僕はどんな悪影響からもスカーレットを守り抜く。万事うまくいくはずだ。

　翌朝早く、アリスティドからメールを受け取ったスカーレットは電話で質問した。「ドレスが届くってどういうこと？」

　古い記憶がよみがえり、アリスティドはうめき声をあげた。「スカーレット、今回は特別な社交行事だからきみのワードローブでは心もとないはずだ。軽装で母の近くにいる自分を想像してみるといい」

　電話口でスカーレットは身震いした。

「僕のために出席してもらう以上、しゃれた服はこっちで用意させてくれ……いいだろう？」

　スカーレットはため息をついた。「了解」

「仕立て屋が採寸してきみの選ぶ服が体にぴったり合うよう手直ししたあと、スタイリストがコーディネートしてくれる」

「あら、あなたったらとっても真剣に取り組んでいるのね」

「自分が美しく見えると思えたらリラックスして楽しめるだろう」

　電話を切ったスカーレットは記憶の糸をたぐった。大学最後の年、彼女はハムステッドのおしゃれなアパートメントでブリーや他の友人二人と暮らしていた。アパートメントはブリーの実家だったが、両親が長期の海外旅行中で、その間ブリーが一人暮らしを嫌ったからだ。当時スカーレットはジョギング中のアリスティドを何度か見かけていた。彼のペースについていけなくとも、その存在感はひしひしと感じていた。残念ながら向こうは彼女に目をとめるような男性には見えなかったけれど。それもある朝、縁石で足を滑らせたスカーレットが転んで足首をひねるまでの話だった。助けに来たのはなんとアリスティドで、すかさず彼女を舗道から軽々と抱きあげると、足首の具合を確かめるためカフェに運んでくれたのだ。

　救急箱が届き、アリスティドが出血した彼女の膝の手当てを始めた。足元にひざまずいた彼の黒いまつげに縁どられた見事な緑の瞳をのぞきこんだとたん、スカーレットはうっとりして言葉に詰まり、彼の戯れの言葉にくすくす笑うばかりだった。その後、彼女は自分が空気のような存在だと思いだしてぞっとした。汗まみれで髪も乱れていたのに、彼にとってはさして問題ではなかったらしい。その晩の夕食に誘われた彼女は相手の名前を聞く前に承諾していた。

〝相手はきっとこの近所の人よ〟インターネットで彼の名前を検索したブリーが息をのみ、声をあげた。〝すごいわ、スカーレット。アリスティド・アンジエリコがこの界隈《かいわい》でジョギングすると知っていたら待ち伏せして足を引っかけたのに！　この人でしょう？〟携帯電話の画面をスカーレットに向けて、黒い巻き毛を短くカットして粋なスーツに身を包んだアリスティドの写真を見せてくれた。〝本当の話？　ラッキーにもほどがあるわ！〟

やがて何回かのデートで、スカーレットも自分を世界一ラッキーな娘だと感じた。アリスティドは魅力にあふれ、彼女が一人では行けない場所に連れていってくれた。スカーレットは常に分別を忘れず地に足をつけて、アリスティドを見る目や態度が彼の富に左右されないよう気をつけていた。彼の欠点にも目をつぶらなかった。アリスティドは傲慢で最高のものでなければ満足できない質《たち》らしく、その分他人への期待も信じられないほど高い。また非常に堅苦しく、家族の話はいっさいしたがらなかった。

〝カリブ海への旅行に誘われたときは卒業試験のまっただ中で、スカーレットに試験勉強が必要で自分は待つしかないと、アリスティドが受け入れるまで大変だった。とはいえ結局、彼女に時間の余裕ができるまで待ってくれたので、スカーレットは一週間ドミニカに旅してついに彼と結ばれたのだ。内心では一線を越えるのは早すぎると思っていたものの、アリスティドに求められているのと同じくらい自分も彼を求めていると初めて悟り、直感に従って尻込みをやめたのだ。

〝アリスティドと楽しい時間を過ごして〟ブリーも背中を押してくれた。〝ただ長くは続かないと前もって受け入れておくことよ。万事思いのままの彼はいずれ前に進むでしょうから。心が傷つかないようにしないと〟

今更ながら、あのとき友達の忠告にもっとしっかり耳を傾けておけばよかったと思う。恋愛経験のあるブリーは、相手がどんな女性であれアリスティドはまだ結婚を望む年齢ではなく自由な生活を守りたがるとわかっていたのだろう。それに引き替えスカーレットは一目惚《ぼ》れからすぐに恋に落ちた。やがてアリスティドのロンドン滞在中は彼の家で暮らし始め、時間が足りなくなりボランティア活動もやめて彼中心の生活を送るようになった。欠席の言い訳として両親にはたわいない嘘をつきとおし、親に会ってと頼んだだけでうろたえるような男性と交際中とはとても話せない有様だった。

あいにくと、二人の間の衝突は避けられなかった。アリスティドが高価なジュエリーをしきりに贈りたがるので仕方なく受け取ったが、彼との外出時に身につける程度で別れる際には返すと常に心にとめていた。とはいえ、彼にたまにはすべてを投げだして一週間どこか異国の地に飛ぼうと誘われたときは話が別で、大切な仕事を放りだせず断らざるをえなかった。一度か二度、アリスティドが一人で旅に出かけてしまい自分抜きで何をしているのか心配したあげく、プライドも形無しでスカーレットの抵抗心はもろくも崩れ去った。

アリスティドは彼女に相反するメッセージを伝えていた。彼に突然、二人はステディな恋人ではないと告げられた夜、それが本当なら別れるしかないとわかっていながらもスカーレットはこう尋ねたのだ。

〝それならあなたは私が他の男性と会っても気にしないわけね？〟

〝まさか！〟アリスティドがぎょっとした顔をした。この時ばかりはさすがに冷静さを失っているように見えた。

〝あなたにだけその選択肢があるのなら、私にはもうつきあいきれないわ〟スカーレットは釘《くぎ》を刺した。

〝私はあなたと深い仲になりながら、同時に他の男性ともベッドをともにして満足するような女じゃないの。他の女性と過ごしたいのなら、あなたは私と一緒にいたくないはずよ。それならそれでいいわ。選ぶのはあなただから〟

その晩、涙ながらにブリーのアパートメントに戻ったスカーレットは正気を保つため一線を引く必要があると承知のうえでも、二人が一緒にいる意味をアリスティドが理解していないせいで悲しみに打ちひしがれていた。結局のところときおりの喧嘩《けんか》を除けば、アリスティドが人生に登場した瞬間からスカーレットはこの上なく幸せで、彼のいない人生を考えただけで心が引き裂かれそうだった。

〝あなたは彼に深入りしすぎよ。もう離れたほうがいいわ〟ブリーが慰めてくれた。

〝あいつがこんなふうにきみを傷つけるのなら、もう別れたほうがいい〟同じ晩、ルークも申し訳なさそうに助言をくれた。

スカーレットにとっては人生最悪の一週間だった。公平を期すために言えば、アリスティドと一緒にいる間は他の女性の影を疑ったことなど一度もなかった。もっともアリスティドは実際に約束はおろか、彼の行動を制限するような将来の誓いを口にするのも拒んだ。

その週の終わりには、アリスティドが玄関先に現れた。〝きみが恋しくてたまらない〟開口一番、かたい声で告白した。〝今は他の女性はもう必要ない。それが本心だ〟

その告白について考える間、沈黙が漂い、スカーレットは彼の目に宿る不安で心配そうな光にすっかり魅了された。アリスティドは多くを語らなかったものの、彼女の冷たくなった心をあたためるには充分だった。ただし、あくまでも〝今は〟という条件付きだけど……。その言葉に圧倒され、彼が長期的な将来において彼女を重視していないのを思い知らされた。とはいえアリスティドが彼女を腕にかき抱いて、必死な様子で唇を奪ったので心をくすぐられた。スカーレットはいったん心配や不安を棚上げにして、先に彼に飽きる可能性もあると自分に言い聞かせた。

ただ結局は彼女の妊娠の判明が問題の引き金となり、二人は別れ別れになるはめになったのだ。

3

スカーレットの予想を超えてフィッティング用の服がかかったハンガーラックが何台も運びこまれたあげく、仕立て屋と快活なスタイリスト、そのアシスタントまで到着した。ただ悲しいかな、彼女はもう二年前と同じサイズではなく、アリスティドが単純に推測したサイズとも違っていた。妊娠で体型が変わり、胸もヒップもふくよかになってウエストも以前ほど細くはない。寸法を測った仕立て屋が呆《あき》れたように舌打ちをした。双子は幸いにも昼寝中で、アドバイザーとしてブリーにも同席してもらっていた。

「お客様の髪や目の色なら大事なイベントにはこち

らをお勧めします」スタイリストが夢みたいに美しいドレスを広げた。アリスティドの瞳を連想させる豊かなエメラルド色で、ビーズがきらめく豪華なドレスの裾は床まで届く。

　スカーレットは唾をごくりとのみこんだ。自室までドレスを持っていき一人で試着してみたが、かなりきつい。人目を気にしつつ、散らかったラウンジに戻った。

「とっても華やかね……大きいサイズがあればの話だけど」ブリーも言いにくそうだ。

「お召し物はミセス・ウォーカーの寸法どおりに特別あつらえましょう」仕立て屋が太鼓判を押した。

　アクセサリーを合わせたあと、買い物は旅行用の服一式を選ぶ段階に移った。さすがに多すぎると思ったスカーレットは席を外して、玄関ホールでアリスティドに電話をかけて不満をこぼした。

「何着買ってくれるつもりなの？　旅行用の服ですって？」

「パパラッチはいたるところにいる。僕と一緒にいる間はそれなりの格好をしておいてほしい。たいしたことじゃない。舞台の役みたいなものさ。服は小道具にすぎない」

　黙りこんだスカーレットはイーディスの助言を思いだして電話を切った。たしかに旅の間に衝撃的な知らせを伝える前に、なるべくアリスティドのご機嫌を取っておくほうがよさそうだ。言い争っても相手を困らせるだけだし、彼のために便宜を図る以上、できる限りのことをしたほうがいい。彼女を主役に据えたショーのためにアリスティドがどんな犠牲を払おうが関係ないのだから。

「目を見張るほどきれいだ」アパートメントまで迎えに来たアリスティドが満足げに褒めた。

　スカーレットはハイヒールで慎重にリムジンに乗

りこむときも、息を吸っておなかをひっこめていた。今日は薄手のジャケットにシルクのキャミソール、ゆったりとしたパンツという出《い》で立ちだ。丁寧にストレートにしたなめらかな赤褐色の髪が緩やかに肩にかかり、地元のネイルサロンで爪の手入れまでしてもらっていた。

アリスティドはスカーレットにすっかり目を奪われていた。赤褐色の髪がハート形の顔周りで躍り、天使の弓のような唇が艶めき、瞳は星のごとく輝いている。彼女が腰をおろしたはずみにジャケットの前がはだけて、キャミソールに包まれた豊かな胸のふくらみがあらわになった。彼の視線は胸元にとどまってから、ゆっくりと他の部分を食い入るように見つめた。体を露出しなくてもスカーレットはふるいつきたくなるほどセクシーだ。初対面のときも、ぴったりとしたトレーニングウエアの下のなまめかしい小柄な体と形のいい脚に目が釘《くぎ》付《づ》けになったものだ。

今日のアリスティドの装いは体になじむ色あせたブランド物のジーンズに、肘までまくりあげたシャツだった。スカーレットよりも見た目はずっとカジュアルだが、どこまでも品がいい。砕けてだらしのない印象を与えたくなかったのだろう。スカーレットは皮肉っぽく考えた。アリスティドは二年前にはめったに見られなかった完璧で洗練された格好の彼女を求めている。というのも当時の彼女は彼と一緒にいるとすっかりリラックスして、おしゃれは二の次だったからだ。

スカーレットは何度も彼を横目で確かめてみた。目がくらむほどすばらしいアリスティドの容姿に正面から耐えられるか、まだ自分を信用できない。もう何年も男性に肉体的に惹《ひ》かれることなどなかったから、彼を見ても何も感じないと思っていたのに。ところがブロンズ色の横顔とコットンに包まれた広い肩、筋肉が波打つなめらかな腹筋を順に眺めていき、男らしく力強い太腿と脚の付け根の情熱の塊に目を移したとたん欲望が目覚め、体が熱を帯びた。

赤面したスカーレットは慌てて目をそらし、アリスティドを一目見ただけでも影響が強すぎると気づいて落胆した。巧みな愛撫《あいぶ》と抱擁で欲望に狂わされてからもうずいぶんたつ。二年という月日はさまざまな出来事があったことを思えばさほど長くはないが、二年にわたるセックスレスの結婚生活が残した爪痕は大きかった。これまではアリスティドだけが知る自分の一部を封印して、ルークと築きあげた生活で幸せだと心に言い聞かせながらひたすら人生を歩んできたのだが。

リムジンの後部座席に張りつめた空気が漂い、スカーレットはゆっくりと深呼吸してこの先待ち受ける事態をどれほど恐れているか認めた。アリスティドに衝撃の事実を打ち明けるのはいつになるだろう？　明日のパーティーの最中はもちろん、おそらくその前も無理だ。イベントに備えておめかしの時間が必要だから。今夜は？　二人はどこに泊まるのだろう？　他に人はいるの？　仮にアリスティドが度を失うようなら聴衆は必要ない。パーティーのあとは？　何時になるかわからないし、二人きりになれるの？　その後は翌朝の便で帰国してしまう……。

「ずいぶん緊張しているみたいだな」アリスティドが二人の間のシートをつかむ彼女の手を大きな手で包みこんだ。「絶対に母と二人きりにはしないと約束する」

「お母様なんて怖くないわ！」スカーレットはほのかな手のぬくもりを感じつつ握られた指を曲げ、頭を巡らせて彼と視線を合わせた。これほど他人の存在を意識したのは初めてだ。

パーティードレスと同じ色合いで、ブロンズ色の肌に映えて驚くほど明るい緑色の瞳が彼女の不安そうな目とぶつかった。突然の熱風が彼女の体の芯で吹き荒れ、純粋な欲望が火花さながら血管ではじけた。全身の筋肉が引きしまり、ジャケットの下の腕に鳥肌が立つ。口はからからに乾き、息も荒くなった。

「そんな目で僕を見るんじゃない……その結果をきみが望まないなら」アリスティドが暗く低い声で釘《くぎ》を刺して荒い息をついた。

スカーレットはすばやく瞬《まばた》きをして顔をそむけた。神経の高ぶりで全身が粟《あわ》立っている。「何の話かわからないわ――」

「僕はわかっているし、もとよりきみもわかっているはずだ」アリスティドがすかさず否定した。「だが、ここに一緒にいる理由はそれじゃない。僕はプラトニックと言ったが、それは本気で僕らが二人ともルールを尊重すべきだという意味でもある」

スカーレットは服の下で体が燃えあがるような感覚に襲われ、まっすぐ前を見つめた。

一方アリスティドは自制心を失い、鉄板みたいに硬直していた。スカーレットに切望のまなざしで見つめられて全身で欲望が急速に高まっても、歯を食いしばって何とか劣情を抑えこんだ。まさか僕のほうが彼女にルールを思いださせなければならなくなるとは！　そんな少々ひねった展開など期待しておらず、彼女のあんな視線に心の準備もしていなかった。渇望と欲求の色濃くにじむまなざし。それを隠せないスカーレットは頬を真っ赤に染めて、またも僕を見るのを拒んでいる。

「こうなるのは予想できたはずだ。なじみの深さというのは僕らを古い行動パターンに引き戻すものだから」アリスティドはあえて、この問題について感じている思いよりもずっと軽い口調で話した。

「そうね」スカーレットはこわばった小声で同意の言葉を絞りだした。「それだけよ」

「それなら一歩進んで今すぐ好奇心を抑えようじゃないか」だしぬけにアリスティドが提案した。「キスを一回したら放っておこう」

意外な申し出に驚いたスカーレットは信じられない思いで向き直り、サファイアブルーの目を大きく見開いて不安げに彼を見た。

「きっと何も感じないはずさ」自信たっぷりの口ぶりだ。

自分は確実に負ける賭けをするような女ではないと言いそびれたが、アリスティドがどういう意味で何を意図しているのか、スカーレットも理解していた。何も感じなければ大きな安心を覚えるのは間違いない。

「キスは一回だけ？」張りつめた声で確認してみた。

「飛行機が飛ぶ前に互いの服を引き裂くのを防ぐには一回で充分だろう」アリスティドがからかうように言う。「それに観客の前で芝居をする前に僕に対するきみの態度を改善しておかないと。僕を怖がっているみたいに避け続けるわけにはいかないぞ」

「もちろん怖くなんかないわ！」口では否定しながらも、彼に何を感じさせられるか怖いと思っていた。

「それを聞いて安心した」アリスティドが顔をしかめて彼女をまじまじと見た。「きみの体をつかんだりしたくはないが、なにしろ離れて座っているから」

アリスティドに引きしまった手を差しのべて近くに来るよう促されると、スカーレットは喉を波打たせて、猫におびえるネズミのようにこわごわとその手を握って後部座席の上を移動した。

アリスティドが褐色の長い指を彼女の頬骨に添えて顔を仰向かせた。鮮やかな緑の瞳と目がぶつかった拍子に、スカーレットは血管に電気が走った気がした。すぐさま目を閉じると、彼の頭が下がってきた。

「僕と一緒にいて死んだふりはしないでくれ。獲物を狩るライオンみたいな気分になる」アリスティドが時間をかけて口を下げていき、ゆっくりとスムーズに彼女の唇が約束する甘美な味を堪能した。

スカーレットはぶるっと身を震わせた。筋肉が張りつめ、あらゆる感覚が鋭くなっている。まるで彼女を驚かせまいと心に決めているかのように、アリスティドがことさらゆっくりと彼女を腕に引き寄せた。たくましい腕に包まれる感覚を忘れかけていたスカーレットだったが、強烈な反応が体中を駆け巡り、無意識のうちに身を寄せていた。

アリスティドの香りが彼女の全身を包む。男らしくぬくもりがあり、時間を経てもなお体がうずくほどなじんだ香りだ。スカーレットの体は恐ろしく快感に飢えていて、唇がなすすべもなく誘うように開いた。アリスティドがふっくらとみずみずしい下唇をかみ、しっとりした彼女の口の中を舌でむさぼった。胸をたたく鼓動が息も絶え絶えになるほど速くなり、彼女の唇から小さな声がもれた。

りりしい唇がいっそう強く押しつけられ、スカーレットの内部で花火さながらの爆発が起こったかと思うと、火花を散らしながら彼女を包みこんだ。太腿の間の脈動が輪をかけて速くなる。それ以上を望み、もっと速くしてほしくなったスカーレットはそのせいでパニックになり、即座に彼から体を離して後部座席の隅に戻った。

「今のは有意義な実験だった」アリスティドはきっぱりと言い渡した。「だが近々、繰り返すことはない」

下半身で脈打つ痛みにさいなまれながらも、怒りに任せて無視したアリスティドは水を打ったような静けさの中で奥歯をかみしめ、傍らの宝石箱を取りあげた。

「この機会にこういうものを返せば喜んでもらえる

かと思ったんだ。使ってくれ。ダイヤモンドは昼夜を問わず使える」

スカーレットは両手で何かできることに感謝しながら箱を受け取って蓋を開けた。中にはかつてアリスティドにもらった宝石が残らず、無造作に入っていた。震える手で華奢《きやしや》な金の時計を取りあげて、腕の自分の時計と取り替えた。アリスティドが全部箱に保管していたなんて信じられない。あたかも引き出しにしまっておいた彼女の宝石箱から中身だけ、彼が腹立ち紛れに一挙に集めて急いで隠したかのようだ。スカーレットは絡まったダイヤモンドとサファイアのペンダントをおもむろに取りだした。きらめくこの宝石を残していくのはつらかった。ドミニカで最初の夜をともにした翌朝、彼からプレゼントされてとても気に入っていたからだ。

アリスティドがペンダントを彼女の手からそっと取りあげた。「後ろを向いてごらん」

大きな手が彼女のうなじにかかり、冷たい金が肌に触れた。肌が粟立ち、スカーレットは身震いした。

「イヤリングを」

アリスティドに促され、お揃《そろ》いのサファイアのイヤリングを探しだしてゆっくりと耳につけたスカーレットは震える声で告げた。「ブレスレットまではつけすぎね」

「きみしだいだが、明日の夕方にはその大半をつけたきみを見たい」

放心状態のスカーレットは指先でまだ箱の中にある極上のダイヤモンドのネックレスをなぞった。一度だけ一緒に過ごしたクリスマスにアリスティドから贈られたプレゼントだ。彼とではなく家族とクリスマスランチを楽しむため帰宅前にネックレスを外したところ、アリスティドの機嫌を損ねてしまったのを覚えている。まさか見るからに高価なダイヤモンドを身につけて実家に帰り、両親を納得させる説明などできるわけがないのに。

思いはいつしか先刻の一度きりのワイルドで刺激的なキスへと飛び、罪悪感でスカーレットの胸が痛んだ。さっきはあのキスにおぼれ、熱い鉄板上のアイスクリームのようにとろけてしまった。しかもアリスティドもそのことを知っていた。でも私はルークと暮らして幸せだったわ。スカーレットは自責の念に駆られて胸の内でつぶやいた。親友とは共通点が多く、考え方も趣味も似ていた。父親になりたいと切に願っていたルークは短くも双子と過ごした歳月の間、すばらしい父親だった。

悲しいことにローマとアリスは覚えていないだろうが、ルークは双子を目に入れても痛くないほどかわいがり、幸せな四人家族だった。ルークの命が助かっていれば、いっそう幸せになっていただろう。スカーレットは喉の塊をのみこみ、瞬きで涙を払った。それでも残念ながら、互いに相手には叶《かな》えられない欲求や夢を抱え、二人の関係の中心にはむなしさが残っていた。

ぼんやりと回想しつつ、アリスティドのプライベートジェット機に乗りこんだスカーレットはこの先の説明を考えたとたん突如パニックに襲われた。私はただこの件に終止符を打ちたいだけなのに。なにも完璧なタイミングを選ぼうとはしていない。正直、どのみちこんな告白をするのに完璧なタイミングなどないのだから。でももっか二人は何時間かプライバシーが保たれた機内に閉じこめられている。周りに人がいるリスクを冒してまでアリスティドに告白するよりも、飛行中に打ち明けるほうが合理的ではないかしら?

「空の旅で緊張するようになったのか?」贅沢《ぜいたく》なキャビンの反対側でシートベルトを締める彼女の手のわななきに気づいたアリスティドは、なぜ自分の隣に座らないのか不思議に思いながら尋ねた。

「ええと……違うわ」スカーレットはとぎれとぎれにつぶやいた。「ただ、あなたに言いにくい話があって緊張してしまって」

アリスティドが黒檀《こくたん》色の眉をひそめた。「何の話か想像もつかない」

今後のおもしろい展開を期待して楽しそうにエメラルドグリーンの瞳を輝かせている。

「あなたが笑えるような話ではないの」スカーレットは先手を打っておいた。アリスティドに打ち明けないといけなくてますます怖くなってきた。相手は何の心の準備もできていないのだから。

轟音《ごうおん》をたてて滑走路を走るジェット機が空に舞いあがると、スカーレットはやおら深々と息を吸いこんだ。その後の静寂の中、アリスティドがコールボタンを押して客室乗務員の女性を呼びだした。「度数の高い酒が必要だ」いたずらっぽい笑みを浮かべている。

飲み物を運んだ客室乗務員が下がると、スカーレットはシートベルトを外してワイングラスを手に肩の力を抜こうとしながら切りだした。「私には子供が二人いるの……」

アリスティドは渋い顔でシートベルトを外し、母親になったという彼女の告白にショックの色もあらわに姿勢を正した。スカーレットはウォーカーとともに親になったのか？　彼女はあいつの子供を産んだのか？　そう考えただけでなぜかわからないが心の奥底まで深く切り裂かれ、耐えがたいほどつらくなった。そんなゆがんだやるせない喪失感と裏切られた思いに説明がつかず、思わぬ知らせに対する憤怒に逃げこんだ。

「二人？」後者の事実に気づくと同時に問いつめた。「あの男が事故にあう一年ほど前に結婚したんだぞ！　その間にどうやって子供が二人もできたんだ？」

「双子なの」スカーレットはささやき声で答えた。アリスティドにかつて他界した双子の兄弟がいたのは知っているがそれ以上、詳しい事情はほとんど知らない。「一歳半の男の子と女の子よ。あなたの子なの」

アリスティドは席を立ちキャビン正面の造り付けのバーに向かったものの、野蛮なまでの緊張で大柄なたくましい体がすっかり硬直していた。あいにくと突然、理解不能の赤い霧に覆われてしまったかのように何も考えられなくなった。相手が何を言っているのかまるきり理解できない。スカーレットの子供が僕の子であるはずがない。

「きみはルーク・ウォーカーと結婚していた。子供がいるならあいつの子としか思えない。なぜ僕の子だと言うんだ？　何か訳があって金が必要なのか？」ことさら淡々とした声で問いただす。

「今の言葉は聞かなかったことにするわね」スカーレットは見当外れな質問にたじろいだ。「お金に困っているわけじゃないわ。本当よ」

「金に困っているのでなければなぜ急に子供がいて、しかも僕の子だと言いだすんだ？」アリスティドがたたみかける。「この手の議論は僕自身と直接ではなく、顧問弁護士の事務所で行うべきだ。こういうばかげた問題には個人的に対処しない」

「あなたがどう考えようと構わないわ」スカーレットは静かに答えた。「でもお金は不要だし、あなたが望まないなら双子と関わりを持ってと頼むつもりもない。私はただあなたと再会して多くのことが変わった今、真実を話すべき時が来たと思ったから打ち明けただけ」

アリスティドは大きくて官能的な口を閉じてから席に戻って無意識にノートパソコンに手をのばした。まだ考えがまとまらないが、なじみのない不安な感情が渦巻いている。スカーレットがルーク・ウォーカーとの間に子供をもうけたと考えただけで胸がむかつく。さらに柄にもない彼女の行動に困惑していた。スカーレットはいつも分別があった。こんな荒唐無稽な話を持ちだすとは思えない女性だ。とはいえ、金のためなら人は突拍子もないことをする。アリスティドは若くしてそう学んでいた。ダニエーレが貪欲な女性の金づるになったのと同じく、裕福な自分は格好の標的になりえる。

「僕にきみを妊娠させるのは不可能だ。その点ではなにぶん慎重すぎるから」アリスティドは驚くほど唐突に告げた。

「私だって気をつけていたわ」スカーレットが身構えるように反論した。「それでも起きてしまった。どうしてかはわからない。だけど起こった以上、仕方がないでしょう。あなたの子供たちなんだから」

「出生証明書の父親の欄は誰の名前だ？」アリスティドは追い打ちをかけた。

「空白にせざるをえなくて」

「そうだろうとも」ことさらそっけなく皮肉った。

静寂に包まれたキャビンで数字の羅列に目を通すアリスティドはかろうじてスクリーンに集中していたが、その間もスカーレットに突きつけられた問題に取り組むべく頭はめまぐるしく回転していた。張りつめたしなやかな体の隅々まで否定の声がとどろいている。考えられるのは、彼女の頭が一時的におかしくなったか、あるいは経済的な問題を抱えて独り身に戻った今、僕の助けを当てにしているかのどちらかだろう。

けれども、僕が証拠としてＤＮＡ検査を求めるとわかっていながら、どうやってだまそうとしたのだろう？　スカーレットは知的で思慮深い女性で決して浅はかではない。それなのに、なぜこんなことをするのだろう？　そんな難問に頭を悩ませている間も、彼の脳裏には別の考えが芽生えていた。

アリスティドは再び立ちあがった。「きみは勘違いがあったと言いたいのか？」

「勘違い？」スカーレットがためらいがちにおうむ返しに尋ねた。

「それなら理にかなっているからさ。きみが僕ら二人と同じ時期に男女の仲になったのなら」アリスティドは日に焼けた顔を鉄のようにかたくして大胆に主張した。「おそらくそのときに身ごもり、あの男に責任があると思いこんだのかもしれないな。だから僕を捨ててあいつと結婚したんだろう？」

「違うわ！」スカーレットはぴしゃりと言い返した。アリスティドが二人の過去について思い描く汚れたイメージと彼の根深い不信感に戦慄が走る。

「たぶん子供が生まれたときか、その後しばらくして、きみたち二人はルークではなく僕が父親だと気づいたんじゃないのか」アリスティドが険しい顔で続ける。「その手の勘違いは聞いた覚えがあるが、そもそも僕はきみの主張を信用できない。なぜなら常に避妊具を使っていたからだ――」

「ああ、頼むからやめて、アリスティド」スカーレットは彼の独りよがりな考え方に愕然《がくぜん》としてうめき声をあげた。「あなた以外の誰も双子の父親であるはずがないわ。ルークとは体の関係はなかったから。あの人はゲイだったの。ルークが私と結婚したのは、どんなに強く願っても父親にはなれないと悟っていたせいよ。だから、あなたの子供を身ごもった私と妊娠三カ月のときに結婚してくれたの！」

4

アリスティドは燃えるような目で、二年前と現在の両方においてスカーレットに植えつけられた誤った思い込みの数々を痛烈に非難した。

そうして彼女の話の内容をゆっくりと吸収していった。傍目《はため》には目に見える反応を残らず観察していたが、心の中では強烈な安堵《あんど》感としか言いようのない感覚を覚えていた……。ルーク・ウォーカーはゲイだったのだ。スカーレットは彼と抜き差しならない仲ではなかった。ルークへの愛はプラトニックなものだと話したのも嘘《うそ》ではなかったのだ。この二つの事実はアリスティドにとってことさら重要だった。ルークが彼女の子の父親でありえないなら、自分が父親である可能性がむしろ高い。あれだけ気をつけていたのに、スカーレットがどうして妊娠したのかいまだ理解に苦しむとしても。あらゆる情報の衝撃の波が徐々に伝わってきて、アリスティドは愕然《がくぜん》として言葉を失った。

「ショックでしょうね」スカーレットが心配そうに声をかけてから席を立ち、バーに近づいて白ワインのボトルを探しだした。「おかわりが必要みたい」

なおも震えるスカーレットの手を見て、アリスティドはボトルを支えてやった。ワインを二杯も立て続けに飲む彼女など見た覚えがない。スカーレットは動揺しておびえている。彼女の行動やその結果引き起こした筆舌に尽くしがたい混乱を考えたら、おびえて当然だ。正当な理由もなく、彼は唖然《あぜん》として怒りと不信を抱えて振り返った。スカーレットはどうして妊娠を教えてくれなかったんだ?

「アリスティド……何か言って」

「きみの主張が正しければ、きみたち夫婦は文字どおり僕からわが子を奪ったことになる！」

なじるような言葉に、スカーレットが呆然《ぼうぜん》と彼を見あげて神経質な様子で慌ててワインを飲み干した。

「そういうわけではなかったの――」

「双子の写真はあるのか？」

ふとアリスティドはスカーレットの家を訪ねたとき、年配の女性の脚にしがみついていた幼子二人を思いだした。

スカーレットは驚いて目をぱちくりさせながら自分の席に戻り、大きな旅行鞄《かばん》を手に取って中を探ると小さいアルバムを取りだした。アルバムを持ってきたとはいえ、まさかアリスティドがこんなに早く双子の写真を見たがるとは思ってもいなかった。特に、ルークと自分に子供を奪われたと非難された直後だからなおさら。予想外の妊娠の影響から彼と自分の家族を守るため全力を尽くしただけに、先ほどの非難の言葉がナイフさながら心を切り裂いた。

アリスティドはアルバムを手にしてめくり始めた。次々と写真を眺めるうち、彼の鋭い視線がわずかに曇り始めた。アンジェリコ家の特徴を顕著に示す子供たちを目にしたせいで。自分と同じく、双子も癖の強い巻き毛を受け継いでいる。アリスティドが髪を短く刈るのをスカーレットはいつも嫌っていたから当然、男の子のほうはまだ髪を切った様子がない。一方、女の子は小さな巻き毛の人形みたいで兄よりもずっと小柄だ。二人とも信じられないほど愛らしいが彼はあえて口にせず、代わりに尋ねた。

「二人の名前は？」

「ローマとアリスよ」

「なぜローマなんだ？」

スカーレットが顔を赤らめてワインをもう一口飲んだ。「あそこで授かったに違いないとわかったから……医師から出産予定日を聞いてすぐ。ローマで過ごした週末しかありえないわ」

「ずいぶんと鮮明な記憶だな。家族の伝統に倣い、きみがレットやアシュレーとつけなくてよかった」

彼女の養母は映画『風と共に去りぬ』の大ファンで、娘をスカーレットと名付けたのだ。

「なぜあんなひどいことをしたのか教えてくれ」アリスティドは全身全霊でやり場のない怒りを抑え、真剣に問いただした。「僕は理解しないといけない」

スカーレットが彼に不安そうな視線を投げた。

「ひどいことじゃないわ」

「だが、ひどい仕打ちだ」きっぱりと言い返す。

「きみは僕に話さず、選択肢もくれなかった」

「だけど、あなたは私との子供を望んでいなかったから」

アリスティドは白い歯を食いしばった。「僕らはカップルだった。普通のカップルは妊娠に気づいた時点で一緒に対処する。それが僕の望みだった」

「私たちは普通のカップルではなかったわ。あなたは留守がちで、他の女性ともおつきあいがあったでしょう」

アリスティドは身をこわばらせた。「他に女なんていなかった」

スカーレットが苦しそうな表情を浮かべた。「コゼッタ・リッチは？」

「コゼッタは昔なじみで、家族の友人でしかない」

「でも、あのときはそんなこと知らなくて！」スカーレットが不満そうに応酬した。「あなたは私と将来を誓いあう関係にならないと心に決めていて、いずれは別れるつもりだというのが口癖だった――」

「だとしても、妊娠が判明した時点で話しあうべきだったという問題とは無関係のはずだ」アリスティドは容赦なく切り捨てた。「だが二人で話しあえなかったのは、きみが自分の状態を僕に秘密にしようと決めたからだ」

スカーレットが自分を守るように顎を昂然《こうぜん》とあげた。「それが最善策だと思ったのよ。父が癌《がん》で余命いくばくもなく母はすでに取り乱していたから、実家に帰って未婚の母になるなんて言えなかったの。両親はきっと気が動転したでしょうね。試練の時に二人に娘の身の振り方を気に病ませたくなかった」

アリスティドはもうたくさんだと思った。ルークに結婚指輪を差しだされたスカーレットはその場しのぎで飛びついたのだ。心の狭い両親を喜ばせるために。僕がどう感じて何を望むかなど、誰も心配していなかった。だがスカーレットの話では、あの男の子と女の子は僕の血を分けた子で、僕に責任がある。心の底に重い石のごとく沈んだ怒りをアリスティドはしっかりと封じこめた。

沈黙がくすぶる中、スカーレットは話を再開した。

「私は中絶はもちろん、養子縁組をして子供を手放すのもいやだったの。あなたが私の出産を望まないのは端《はな》からわかっていたし――」

緑の目が鋼鉄のナイフと化して彼女に突き刺さった。「きみは何もわかっていなかったのさ！」

「あなたは五十代まで子供はいらないって話していたじゃない」スカーレットも譲らなかった。

アリスティドの口元に冷笑が浮かぶ。「この世の他の人間と同じく、僕もいざとなれば状況の変化に適応する」

「私のために何かしなければと責任を感じてほしくなかったのよ！」どこまでも正直な気持ちだ。

「いや、きみは臆病者でいるのに精いっぱいで僕に打ち明けて正しい行動なんてできなかったんだ。あえて何も言わなかったきみの嘘に弁解の余地はない。わが子の父親と別れ法的権利をことごとく否定して、別の男と結婚した女性に弁解などできない」緊張の面持ちで席に腰をおろしたアリスティドは、次から次へと押し寄せてくる激しい感情を抑えるのに必死だった。

「アリスティド……」数分後、スカーレットが不安そうに話しかけてきた。

「これ以上聞きたくない。率直に言って、今のところもう十二分に聞いた」アリスティドはにべもなく突っぱねた。自分が受けた説明に大きな不満がある。

「といっても、週末の間は結婚指輪を別の指にはめておいてくれないか？　そのほうがあれこれ言われなくてすむだろう。帰国したら元に戻せばいい」

　スカーレットは呆然と自分の手を見おろして勢いよく唾をのみこんだ。少しでもアリスティドをなだめなければと焦りながらも、彼の案に反発を感じていた。それでも一時間後には結婚指輪を外して反対側の手にこっそりはめた。アリスティドは烈火のごとく怒っている。私の行動やその理由が理解できないのだ。どうしてわかってくれないのだろう？

　私の両親は彼の両親に比べれば高齢で道徳的に厳しく育てられた。アリスティドは私ほど両親に恩義を感じていないはずだ。愛情深い養親のため、私は常に最高の娘であろうと努めてきた。ただでさえ困難な時期に両親の心を乱すのは忍びなかったのだ。

　私は安易な道を選んだの？　未熟で愚かだったのかしら？　でも今になってどう言おうと、二年前のアリスティドは子供を望んでいなかった。彼は私の妊娠を端から疑い、どうしたって二人の関係は台無しになっていただろう。

　フィレンツェの空港で報道陣が待ち伏せていたものの、アリスティドの警備チームが撮影を阻止した。カメラのフラッシュとアリスティドへの関心の高さに動揺したスカーレットは迎えのリムジンに乗りこむと遅ればせながら、最高に洗練された自分の格好に心から感謝しつつかたい声で尋ねた。

「行き先はどこ？」

「パーティー会場になる実家だ。祖父が亡くなって以来、僕の家でもある。僕の両親と折り合いが悪かった祖父は遺言で親の世代を飛ばしたんだ」アリスティドが皮肉たっぷりに言い添えた。「わが一族は常に争っていたから珍しい話ではないとはいえ」

スカーレットはその情報にうろたえた。「あなたはおじい様と仲が良かったに違いないわね」

「両親よりもずっと仲が良かった。二度の離婚のあと財産の大半を失った祖父は旅に明け暮れていたので、最後の数年間はあまり会えなかったが」

「お気の毒に」

　アリスティドは肩をすくめた。「そんなことはない。祖父は果報者だった。アンジェリコ一族では幸せな人生は珍しいんだ」

「どうして？」純粋な好奇心に駆られて質問した。

「不幸な出来事や辛辣な輩《やから》が多すぎるせいさ。複雑な家族史があるが、僕らはもう一日分のネガティブな話題を分かちあったから、よければ今は触れないでおこう」アリスティドが力強い横顔でつぶやいた。緑の瞳は氷のように冷ややかで歯をぐっと食いしばっている。

　それなら私の子供たちはネガティブな話題だったのね。スカーレットは沈んだ心で考えた。でも私がフェアではなかったのかもしれない。アリスティドの言うとおりだ。私は彼に選択の余地を与えなかった。話すべきときに話さず、彼の父親としての権利を尊重しなかった。それどころか親友との結婚で解決を図ろうとしたのだから。

「双子の件はネガティブな話題ではない。僕が言いたかったのはそれに付随する他の全部だ……。きみの沈黙や結婚、僕に相談なく下した選択といったその他もろもろさ」アリスティドがぶっきらぼうに説明した。「どれもこれも受け入れがたい事実だ」

　長い急な私道に入った車が深い森の中の芝生をゆ

っくりと進んでいった。心にしみる美しい風景だ。

「この家？」

ベルベットを思わせる広大な芝生が砂利敷きの車寄せに変わると、スカーレットは目を丸くして前方の建物を見つめた。広大な石造りの大邸宅は歴史の教科書でしか見たことのない古《いにしえ》の壮麗さを誇っている。「まあ、すごい」驚きのあまりささやいた。

「宮殿《パラッツォ》だわ！」

「言いえて妙だな。その名もパラッツォ・アンジェリコさ。タイミングよく修理が終わって幸運だった。それこそ僕に遺《のこ》された最大の理由だと思う。両親はここを荒れるに任せただろうから……。おいおい、なんてことだ！」アリスティドが前触れもなく叫んだ。「賓客の出迎えでもあるまいし。わが両親はいったいここで何をしているんだ？」

「たぶんパーティーの関係じゃないかしら？」スカーレットは弱々しくつぶやき、車を回って彼のそばに行った。

「両親の自宅は何キロも離れているのに」不機嫌そうなアリスティドに大きな手で手を握られ、スカーレットは狼狽《ろうばい》した。「双子や結婚の話はむろんいっさい口にしないでくれ。両親のようなタイプといるときは自分の不利になりそうな話題は御法度だ」

「話そうなんて夢にも思わないわ。あなたのお母様といると舌が麻痺《まひ》するから」思いがけず自分を守ろうとしてくれた彼の言葉にスカーレットは感激した。

「コゼッタもいるぞ。彼女の車がある。なぜここに？」口ぶりから憤りが伝わってくる。

「落ち着いて。たいしたことじゃないから」スカーレットは静かになだめると彼に促されるまま広く奥行きのない階段をあがり、色とりどりのフレスコ画で飾られた音が反響するほど大きな広間に入った。

そこでは四人が待ち構えていた。一人は明らかにスタッフで、離れたところに控えている。

　アリスティドによく似た白髪の老紳士のそばに、年配とはいえいまだ魅力的なやせたブルネットの女性が立っていた。巨大な真珠で首元を飾り、しゃれたワンピースにボレロジャケットという装いだ。三人目の背が高く脚の長いブロンド女性は、雑誌で見覚えのあるコゼッタ・リッチだ。

　スカーレットを目にしたとたん平手打ちを食らったみたいに、エリザベッタの歓迎の笑みが剥《は》がれ落ちた。「アリスティド」スカーレットの姿など目に入らないかのように間髪を入れず息子のほうを向いて、猫なで声の英語で話しかけた。「私たちは今週だけ移ってきたの。もちろんコゼッタがパーティーの準備を手伝ってくれて。おかげでこの家は見違えるほどきれいになったのよ」

「相変わらずすてきね、アリスティド……」コゼッタが前に出てイタリア式の挨拶で彼の両頬にキスをした。アリスティドはキスを受けたが、返そうとはしなかった。「で、こちらは……？」

　初めて少人数のグループに注意を向けられて、スカーレットはできる限りあたたかい笑みを浮かべた。

「スカーレット・ピアソンと申し――」

「アリスティドの元恋人よ。何年か前の」エリザベッタ・アンジェリコが夫のリッカルドに告げた。

「スカーレットは元恋人ではありません」アリスティドが平然と切り返した。「今週末の特別な客だ」

　なんとも気まずい歓迎だった。コゼッタは笑顔を絶やさなかったものの、アリスティドが一人で玄関から入ってきて金髪美女の存在に喜ぶと思いきや出鼻をくじかれたのだろう。彼の冷ややかな反応に怒りで赤面しながらもアンジェリコ夫妻よりはマナーがよく、世間話をするくらいのたしなみはあった。スカーレットに執事を紹介しようと間に入ってきたアリスティドは無口な両親にはそれ以上言葉もかけず、そのまま彼女を大理石の大階段へと案内した。

「パーティーの開催に同意したのが僕のそもそもの間違いだった」小声で嘆く。「今や家宅侵入に対処しないといけない――」

「とても大きなお宅だから」スカーレットは彫刻を施した階段の手すりに手を置いて穏やかに指摘した。「きっと顔を合わす必要はほとんどないでしょう？　あなたが足早に立ち去ったとき、お母様は気分を害していらしたわ」

「あの程度で母が傷つくわけがないさ」アリスティドがかみつくように言った。「ダニエーレに最後の手紙で母にもっとやさしくしてほしいと頼まれたから努力はしているが正直、難しい。母との思い出で一番忘れられないのは、失読症の弟をベルトで打って馬鹿呼ばわりしたことだ」

スカーレットは愕然とした。ただあいにくと、高い水準を求めるエリザベッタが期待を裏切った息子を残酷にも罰するところは容易に想像がつく。

執事が大きな寝室の両開きのドアを開けると、二人の背後で荷物が運びこまれた。アリスティドがイタリア語で執事に話しかけたので、振り返ったスカーレットは荷物が全部同じ部屋に運ばれるのに気づいた。

「大きなバルコニーで軽食をとろう」アリスティドが息をつき、部屋を歩いていってドアを開けると視界から消えた。

スカーレットも重い足取りで彼のあとを追った。庭に目を遊ばせるアリスティドのがっしりした肩と背中が緊張でこわばっている。両親へのわだかまりのせいだろうか？

気の毒とは思うが、これだけは言っておかなければ。「あなたはあらかじめ、私と部屋を共有すると言わなかったでしょう」

振り向いたアリスティドが焦った様子で巻き毛を指でかきあげた。「きみに部屋を共有してもらうつもりはなかったが、この家に両親がいる手前、選択肢がなくなってしまったんだ。同じ部屋を使わないと僕らの関係が偽物にしか見えない」

スカーレットは同意の印にうなずいた。「私はソファで寝るわ――」

「いや。僕が寝る」アリスティドが申し訳なさそうに断言した。

スカーレットは何も言わなかった。彼は背が高すぎて、あの優美なソファで一夜を過ごすのは無理だ。片や背の低い自分なら何とかなるだろう。布張りのソファは少なくともクッションはよさそうに見える。

屋根付きの装飾的な石造りのバルコニーには椅子とテーブルが置いてあり、快適に過ごせそうだ。スカーレットは上着と靴を脱いで日差しをたっぷり浴び、リラックスしようと心に決めた。

「気の滅入《めい》る展開で申し訳ない」アリスティドが罪深いほどハンサムな顔をこわばらせた。「こんなふうにイタリアのわが家を紹介するつもりはなかったんだが」

「正直、私は飛行機をおりる前からあなたの機嫌を損ねてしまっていたから」スカーレットはため息をついた。「歓迎の一行もおまけにすぎないわ」

「今晩はフィレンツェのお気に入りのレストランにきみを連れていくつもりでいたが、招かれざる客とはいえ放っておくのは失礼だと思う。それとも無作法を承知で出かけようか？」期待に満ちた目で彼女を見る。

「いいえ。代わりに明日のランチはどう？」

アリスティドが怪訝《けげん》そうに眉をひそめた。「午後はパーティーの準備で忙しくないのか？」

スカーレットは頬を桃色に染めてかぶりを振った。「お化粧にたいして時間はかからないし、髪も自分でセットをするほうが好きだから」

「きみは我慢強く何事もマイペースにこなしている。

これも教師修行の賜物《たまもの》かな？」アリスティドがからかう傍ら、メイドがトレイを運んできた。

　スカーレットは鼻にしわを寄せた。「単に怠け者なだけかもしれないわよ！」

　アリスティドが笑い声をあげると、緑色の目が太陽の光を受けてきらきらと輝いた。落ち着きを取り戻した彼の様子にほっとしながらも、スカーレットはなおも緊張していた。結局のところアリスティドには、双子の父親だという彼女の予期せぬ告白について考える時間がなかったのだから。彼はどんな反応をするだろう？　スカーレットは座り心地のいい椅子に腰をおろしてコーヒーを注《つ》いだ。彼の母親のお気に入りらしいコゼッタ・リッチについてもっと尋ねたいのは山々だが、質問をのみこんだ。アリスティドも今日は大変な一日だったからさすがに遠慮しておこう。

5

　ディナーのためスカーレットがマキシ丈でコットンの柄物ワンピースとサファイアのペンダントを身につけて豪華な大理石張りの浴室から出たとたん、アリスティドの姿が目に飛びこんできた。粋なダークブルーのスーツがよく似合う。

「ドミニカでもそのワンピースを着ていたね」アリスティドは思い出にふけりつつスカーレットをじっと見つめた。砂浜であのワンピースを脱ぎ捨てて、海へと歩いていく一糸まとわぬ姿が今でも目に浮かぶ。あのときは心臓が激しく打ち、血も溶岩のように熱くなったものだ。

「ええ。ブランド物ではないけど」スカーレットは残念そうに認めた。「でも私たちが急遽《きゅうきょ》、対峙《たいじ》するはめになった社交の場への準備をしてこなかったの」実際のところ週末のワードローブを遠慮してあまり受け取らず、ばつが悪かった。旅行用の服とパーティードレスのほかに、一着しかドレスを持ってこなかったのだ。しかも丈が短く、パラッツォでの彼の両親とのディナーにはふさわしくない代物だ。アリスティドの表情豊かな口元ににやりと笑みが浮かんだ。「それでもとびきりきれいだ」

とはいえスカーレットはエメラルド色の瞳の輝きから、アリスティドが服の話をしているのではないとわかっていた。きっと彼にそそのかされてこのワンピースを脱ぎ捨て、あられもない姿で別荘のプライベートビーチで泳いだ一幕を思いだしているのだろう。しかも、海からあがったあと二人でしたことのほうをよく覚えているのは間違いない。スカーレットは顔が熱くなったものの、下半身が締めつけられるような感覚に襲われてそわそわと足を動かし、彼にあんなふうに見つめられるたび襲われる強い渇望を痛感した。

二十人以上で大きな食卓を囲める立派なダイニングルームでの晩餐《ばんさん》会となったが、明らかに緊迫した雰囲気だった。スカーレットは他の同席者にイタリア語で話すよう勧めたが、エリザベッタにとってそこは問題ではなかったらしい。アリスティドが絶えずスカーレットに水を向けて会話に引きこんでもなお、エリザベッタはまるきり無視している。

コゼッタはモデルの仕事の大変さなどちょっとした余談を挟みながらスカーレットにアリスティドとの初対面の時期や二人がよりを戻したのはいつかと、言葉巧みに質問を投げかけてきた。それでもスカーレットはなんとかプライバシーを守り続けた……。

並んで再び立派な階段をのぼる間も、スカーレットは張りつめた唇に晴れやかな笑みを貼りつけていた。彼女の最初のあくびを見るやいなや、アリスティドが夕食の席を辞してくれたのでスカーレットはほっと胸をなでおろしたくらいだ。

「コゼッタとは気が合わなかったみたいだな」

「コゼッタは最高に礼儀正しいやり方で私の秘密を探ろうとしたあげく、あなたは女性の好みが厳しいからと私を怖《お》じ気づかせてさりげなく追い払おうとしたの。自分こそがあなたの完璧な妻になれると信じているんでしょうね」

「それがコゼッタさ。いつだって自分が一番好きなんだ」彼が愉快そうに締めくくって寝室に引きあげた。

　シルクのパジャマを持って浴室に着替えに行ったスカーレットが戻ってくると、アリスティドは恥ずかしげもなく上半身裸になっていた。しなやかでたくましい背中とボクサーショーツ姿でかがんだときに波打つ筋肉に目が吸い寄せられつつも、スカーレットは男性に飢えた女性みたいにはしたなく見つめすぎないよう気をつけながらソファのクッションをふくらませて間に合わせの寝床に横になった。

「きみの僕への仕打ちを一晩中考えて、ある結論に達した。どんな結論かはっきりさせておく必要がある」驚いたことに、アリスティドが静かに切りだした。

「いいわ」スカーレットは不安を覚えつつ同意した。

「きみの主人が亡くならなければ、僕はわが子の存在を知ることはなかったと気づいたんだ」

　困惑したスカーレットは寝返りを打って体を起こし、ソファに腰かけて言い返した。「ひどい言いぐさね！」

「だが本当だ。ルークが双子の父親役を望んでいた以上、金持ちの実父がわが子のことを知りたがったら邪魔者にしかならなかっただろう。きみは最初から僕の存在を含めていなかったのだから。子供たちにはいつルークが父親ではないと話すつもりだったんだ？　二人が大きくなればなるほど難しくなる。おそらくきみは告白を避けただろうな」鉄のようにかたい緑色の瞳が彼女の困った顔を見据えている。

　スカーレットはベッドのヘッドボードにもたれて完全にリラックスした様子の彼を見つめるばかりだった。アリスティドは黒いパジャマのボトムス以外には何も身につけておらず、濡《ぬ》れ羽色の胸毛と磨きあげられたブロンズ色の肌、鍛え抜かれた筋肉がやわらかな光に照らされている。

「私は何も避けたりしなかったわ――」

「まあ、僕が親になったと積極的に知らせてくれなかったのはたしかだ。ルークが亡くなってから数カ月間、僕への連絡を考えなかったのか？　双子にはもう父親がいないから僕の存在を認める余地はあると思いつかなかったのか？　推測するに――」アリスティドが冷静にたたみかけた。「僕に言わなかったのは一番簡単だったからだろう。僕が追悼式に出席せずその後訪問もしなければ、きみは打ち明けるつもりなどなかったはずだ。僕の姿を見て良心がとがめたのか？　そのせいで僕はようやく父親になったと知らせてもらえたのか？」

　スカーレットの顔から血の気が引き、青い目が緊張で暗くかげった。「ようやくですって？　双子はまだ一歳半よ、アリスティド――」

「その一年半を僕は決して取り戻せない。わが子の誕生、最初の一歩、初めての言葉を」荒々しい口調で並べ立てる。「僕はそんな喪失感にさいなまれないといけないほどひどいことをきみにしたのか？」

　胸がうずいて気分が悪くなり、スカーレットは再びソファに横になった。自責の念に堪えない。

「僕は酒飲みでも暴力をふるう男でもなく、きみは信じていたにせよ、不貞も働いていなかった」淡々と続ける。「嘘《うそ》もついていない。それなのにきみはまるで僕にひどい仕打ちを受けたかのように振る舞っている」

「もう充分でしょ。あなたの気持ちはわかったから」スカーレットは惨めな思いでつぶやいた。二人ともすでに神経が高ぶっており、自身が疲れ果てているときに口論の引き金を引きたくはなかった。

「この怒りを抑えるためにはっきり言うしかなかった」アリスティドが粗野な低い声で打ち明けた。「ルークとの結婚をメールで伝えられるまで僕はきみを信頼していた。きみはそんな信頼を二度も裏切ったんだ。突然の結婚と双子の誕生を秘密にしたせいで」

スカーレットの唇はわななき目もひりひりしたが、アリスティドが同じ部屋にいるのに泣くわけにはいかなかった。彼が明かりを消したので、月光に照らされて暗闇に横たわる彼女の頬を無言の涙が伝った。妊娠がわかったときすぐにアリスティドに打ち明けて、その時点での彼の反応がどうであれ、歯を食いしばって耐えるべきだったのに。あいにく両親の心を打ち砕くわけにはいかなかったのだ。

もっかスカーレットは彼の知らなかった一面を学んでいた。アリスティドは癇癪《かんしやく》を抑えて声を荒らげることもなく明瞭に語り、どんな標的も正確に攻撃できる。規律を重んじる彼はそりが合わない両親とも夕食の席でたわいのない雑談を交わし、つい先ほどの彼女への言葉ににじんでいたような憤りやいらだちのかけらも見せなかった。〝きみはそんな信頼を二度も裏切ったんだ〟という彼の言葉のせいで、アリスティドが背を向けた瞬間、広い背中に自分がナイフを突き立てたような気分になった。

あれは本当だろうか？　私がアリスティドと一緒にいる間、他に女性はいなかったなんてありえるの？　二人の関係は私が考えていた以上に安定していたのかしら？　今となっては彼に不当な扱いをしていたとわかる。妊娠したとき、私はパニックに陥ってしまった。自分を奮い立たせてアリスティドに告白しようとしたものの何度も失敗したあげく、不安に心を支配されたのだ。数週間もするころには、どんどんふくれあがる不安の連鎖に陥っていた。そんな矢先にルークから申し出があり、赤ちゃんを産みたい女性と赤ん坊を望まない男性にとって完璧な解決策に思えたのだ。とはいえ、今更どうにもならない。人間のジレンマを解決するのに完璧などありえないと、スカーレットは気づいていた。

　アリスティドは大きなベッドの上で寝返りを打った。スカーレットが泣いているのはわかっていた。泣き声を押し殺しているが朝、太陽がのぼるのと同じくらいわかりきっている。慰めたくとも歓迎されないことも。彼女をソファから起こして腕に抱きしめたいところだが、そんなまねをすれば相手が腹を立てるのは火を見るよりも明らかだ。もっとも、自分の怒りが爆発してダメージが広がる前に、胸の内を残らず吐きださないといけなかったのだ。

　アリスティドは非常に現実的だった。変えられない決定についてスカーレットと争いたくはない。わが子を自分の人生に招きたいのであれば、できるだけ潔く現状を受け入れるしかないと重々承知している。ほろ苦い後悔や判断はいったん脇に置いて、前進してダメージを修復しなければならない。過去の過ちよりも、今後の展開のほうが重要だ。

　スカーレットは一晩中まんじりともできずアリスティドの言葉を反芻《はんすう》していた。妊娠に気づいたときから、自分が決定的な間違いを犯していたのだとわかり始めてきた。アリスティドが彼女を望まなくなったとしても、わが子の人生の一部になりたがるとは思いもよらなかったのだ。

スカーレット自身は二人の関係をおなかの赤ん坊と絡めて考えていた。けれどもこの二つは別問題かつ別々の関係で、自分と別れてもアリスティドにはわが子と関わる権利があるのを今まで理解していなかった。そのせいで決断を誤ってしまったのだ。全員にとって最良の選択肢を選んだと、これまで自分に言い聞かせてきた。アリスティドに見捨てられるよりは自分のプライドを守るほうが早いと。

そのときスカーレットの肩が軽く揺さぶられて、アリスティドの声がした。「朝食はバルコニーでとろう」

はっと起きあがったスカーレットは自分がベッドにいて一人なのに気づいた。アリスティドは着替えをすませて、すでにまた外に姿を消していた。

スカーレットは慌ててベッドから出ると浴室に駆けこみ、赤くなった目を洗って歯を磨いてから髪をとかした。伝説の吸血鬼でもない限り、赤い目が似合う人なんていない。寝室に戻ると、椅子に置いていたローブを羽織り、前の晩に荷物から取りだしてドレッシングルームのクローゼットに隠しておいた包みを探しだした。

前の晩の件や、アリスティドが私の仕打ちをどう思っているか認めたあと、自分の心にわきあがった恐ろしい感情から抜けだして前に進まなければならない。どうにかして彼に埋めあわせをしないと。たとえその方法がわからなくても。スカーレットは悲しい気持ちで自分を叱咤《しった》しながら、バッグから小さなアルバムを取りだして生唾をのみこんで勇気を振り絞った。

バルコニーのテーブルに合流したとき、アリスティドは携帯電話を手にイタリア語で話をしていた。彼の前に誕生日プレゼントとアルバムを置いたスカーレットは黒檀《こくたん》色の眉が驚いて跳ねあがるのを見ながら彼のコーヒーと、自分用に紅茶を注《つ》いだ。それから食卓に用意してあったおいしそうなペストリーと果物を自ら取って食べた。ゆうべはストレスで料理が喉を通らず、お腹がぺこぺこだったのだ。

アリスティドが携帯電話を置いた。

「私はどうやってあなたのベッドに入ることができたの？」先に口を開いたのはスカーレットだった。

「夜明けにきみが寝返りをうっていたからベッドに運んだところ、心地よさそうに寝転がってそのままぐっすり眠ってしまったんだ」

スカーレットは肩をすくめた。「なるほどね。ありがとう。ところで誕生日おめでとう！」澄んだ緑の瞳と目がぶつかり、顔が紅潮するのをよそに、断固として明るい声で祝いの言葉を添えた。

「昨夜のあとだから、きみはこれを僕に投げつけたくなったんじゃないかい？」アリスティドがけだるげにからかい、椅子の背にもたれた。「アルバムももらっていいのか？」

「ええ。昨日話すべきだったわ。あなたのためにまとめたのよ」スカーレットがかたい声で伝えて見守っていると、再びアルバムをめくった彼が手をとめて写真の何枚かをさらにじっくりと眺めた。

青空が広がり、太陽が燦々《さんさん》と降り注ぐ美しい日だった。あまりのあたたかさにローブを脱ぐと、スカーレットの目がなすすべもなくアリスティドに吸い寄せられた。シーグラスさながら透きとおった緑の瞳。長くて上向きの黒々とした長いまつげ。ベルベットを思わせる黒っぽい髪。アリスティドは文句なしの美男子で、男くさい大人の魅力は桁外れだと認めざるをえない。彼が笑顔でプレゼントを取りあげて包装を開け始めたので、スカーレットは誕生日プレゼントを思いついてよかったと思った。夕食後の対立によるわだかまりを解くにはもってこいだ。

アリスティドが感謝の笑みを浮かべてアンドルー・マーヴェルの薄い革表紙の詩集を示した。「これは今日僕が受け取った中で一番心のこもった贈り物に違いない。ありがとう。誕生日には双子のダニエーレを追悼したいからこの詩の一編を読めば、ほんのひとときでも弟との思い出に浸れるだろう」

「あれから何年……？」

「六年だ。弟が自ら命を絶ったことは僕にとって最大の試練だった。僕は弟の近くにいてサポートしようとしていただけになおさら」アリスティドが胸の内を明かした。「才能あふれるアーティストだった弟は非常に繊細でいわゆる躁鬱病《そううつ》だった。すでに家族と疎遠になっていたうえ、夢中になっていたモデルの浮気で心が壊れてしまったんだ。当時の弟はニューヨーク在住で、あいつの気を変えられたかどうかはわからないが、少なくとも僕がその場にいれば未遂に終わったかもしれない」

「誰のせいでもないわ」スカーレットはささやいた。「ごめんなさい。よりにもよって今日、不幸な記憶を呼び覚ますつもりはなかったのに。ふとあなたにお気に入りの詩人はアンドルー・マーヴェルだと聞いたのを思いだしたから――」

「きみはいやな思い出を掘り返してはいない。誕生日という特別な日には楽しかった思い出しか考えないようにしているんだ」アリスティドがよどみなくつぶやいた。「さあ、ローマとアリスについて教えてくれ。好き嫌いや何かを。二人と会う前に詳しく聞いておきたい」

安堵《あんど》の波が広がり、スカーレットの罪悪感も薄らいだ。アリスティドと一緒にアルバムに目を通しながら昼食のため着替える時間までささやかな情報を伝えた。

浴室に向かおうとすると、アリスティドが彼女の手を握った。「不機嫌になって守りに入ったり、怒ったりしないでくれてありがとう。双子の話をしてくれて恩に着るよ。僕らはわが子のことを第一に考えて、意見の食い違いがあっても折り合いをつけないといけない」

アリスティドの強烈な緑のまなざしを受けてスカーレットの不安で曇っていた目が輝いた。つかの間、彼女の頭の中からアリスティド以外のものが消え去り、彼の近くにいるだけで全身がぬくもりを帯びた。愛情が自然とわきあがってきて、スカーレットは爪先立って彼の頬にキスしようとしたが、背が高すぎて届かなかった。アリスティドは彼女の接近に戸惑いながらも喜んでいるらしく、両手を彼女の腰に添えて体を持ちあげてくれた。

「手伝うよ、おチビちゃん」やさしくからかう。

予想どおり、アリスティドは開いた唇でスカーレットの頬ではなく口元をそっと愛撫《あいぶ》してから昨日、彼の腕の中で感じたような生々しい情熱で唇をむさぼった。息もできないほど激しい口づけの間に彼女の頭は揺れて胃がひっくり返りそうになり、爪先も丸まった。興奮が下腹部で妖しくざわめき、胸の頂がつんととがる。スカーレットは太い首に腕を回してキスを返した。舌と舌が絡まりあうエロティックな感触を楽しみながら、しっかりと抱きしめられ包みこまれる快感にうっとりした。

アリスティドが彼女の素足を敷物におろしてから人差し指の先でふっくらと腫れた唇をなぞった。

「またあとで」くぐもった声でつぶやくと、重たげなまぶたの下ではっとするほどすばらしい瞳がけぶるような渇望で光った。

スカーレットは呆然《ぼうぜん》としたまま浴室に入りパジャマを脱いだ。私は何をしていたの？　何を誘っていたのだろう？　プラトニックな関係で、という二人の合意をややこしくしたのではないの？

まさか軽率なキス一つで大騒ぎするつもりはないでしょうね？　アリスティドがようやく弟の死の真相を話してくれたあと二人とも感情的になり、少し調子に乗ってしまっただけよ。たいしたことではないのだから。

　ブランド物のラベンダー色のシフトドレスを品よく着こなしたスカーレットは緑豊かな中庭に美しくしつらえた小テーブルについた。木々につるしたランタンが日差しを受けて色とりどりに輝き、どこからかやわらかなギターの音色が静かに流れてくる。

「ここは本当にきれいなお店ね」

「会員制で食事も絶品なんだ」飲み物とメニューが運ばれたのを皮切りに、アリスティドが口を開いた。

　スカーレットはワイングラスを傾けながら彼の意見を参考に料理を選んだ。パーティーはまだ先だというのに家をあとにしてから初めてリラックスした気分になった。これまでのところ双子の父親だと聞かされても、アリスティドは実にうまく対処している。ただ彼が双子と会うのが楽しみな反面、この先どんな未来が待つのか不安でもある。アリスティドは私に何を望むだろう？　共同親権か、それ以上のものか？　それとも、ときおり面会する程度のもっと緩やかな取り決め？　スカーレットの心は千々に乱れた。

　アリスティドがポケットから何かを取りだして真っ白なテーブルクロスの上に置いた。有名な宝石店のロゴが入った革製の小箱だ。

　スカーレットは身を乗りだして緊張した面持ちで問いかけるような視線を向けた。「中身はなあに？」

「開けてみてごらん」

　言われるがまま蓋を開くと、見事なダイヤモンドとサファイアの指輪が目に飛びこんできた。「これは何に使うの？」

「今夜、僕らの婚約を発表する予定だから指にはめてほしい」

「今夜……なんですって？」スカーレットは仰天し

て問い返した。

　アリスティドがなだめようとするように褐色のしなやかな手を広げた。「双子のニュースは必ずメディアに取りあげられるから人前できみに恥ずかしい思いをさせたくないんだ。きみの職場が信仰に基づいた学校で、道徳的にも厳しいと知っている。僕らが婚約して結婚予定に見えればそれなりに格好がつく。今のところはきみを守るための無害な芝居だ」

　アリスティドは自信たっぷりに話す自分に我ながら驚いていた。将来への望みもわからないのに、完全に現実的な理由から婚約指輪を差しだすとは。実際のところは混乱しきっているくせに。スカーレットの告白と仕打ちになおも腹の虫がおさまらず困惑していたが、復讐《ふくしゅう》は望んでいないし、彼女を傷つけたくないこともすでにわかっていた。要するにはわが子を望んでいるのだ。双子と一緒に暮らしたいという気持ちもあるが、そんな究極の目的を達成するための最善策はまだ見つかっていない。この指輪が彼とわが子の母親につながりを生みだしてくれれば、それで充分と思っていたのだが……。スカーレットと双子を正式に自分に結びつければ、母子を守れる気がしていたのだ。

　スカーレットが彼の提案に絶句したまま、なおもきらびやかな指輪を見つめている。まるで指輪が箱から飛びだしてかみつくのではないかと恐れているみたいだ。「でも……でも――」

「理にかなった提案だときみもわかっているはずだ。あの子たちは僕の子だし、本当の父子関係を証明するため出生証明書の更新に必要な法的手続きはすべてこちらで行う。ＤＮＡ検査も必要だ。絶対に」アリスティドは頑として譲らなかった。「相続権も考えなければ。明日僕に万が一のことがあっても、きみと双子両方の経済的安定が保証されていると確信しておきたい」

「そんなふうに言わないで」彼女の顔が真っ青になった。「ルークにあんなことがあったあとなのに」額を汗で濡《ぬ》らしたスカーレットが、おもむろに深々と息を吸って訴えた。「あなたは何の前触れもなく、私に投げかけることが多すぎるわ」

「二人とも明日にはロンドンに戻る。僕には悠長に構えている暇などないんだ」アリスティドは冷静に指摘した。「よく考えてくれ。僕らの間に何が起ころうとも、僕がわが子やきみを恥じているとは誰にも思われたくない。きみを陥れようとしているのではなく敬意を示そうとしているんだ、僕の美しい《ベッラ・ミー》人《ア》」

　そしてスカーレットに敬意を示す間、わが子を安全に引き取るための最善策を考えよう。アリスティドはいかめしい顔で内心、結論を下した。

　スカーレットの視線が目の前の皿に落ちた。指輪の箱を取りあげて膝の上に置く。偽のガールフレンドから偽の婚約者へ異例のスピード出世だ。実際の自分は、それが芝居ではなく現実の出来事であるかのように呆然として息をのむばかりだった。アリスティドは私のために洗いざらい打ち明けてくれたのだ。隠し事は何一つなく、予期せぬことも何もない。双子の本当の父子関係が法的に立証されたとしても、今はもうルークを傷つける恐れもないし、子供たちがアンジェリコ家の名前と財産を受け継ぐ権利への拒否権も自分にはない。テーブルの下でスカーレットは指輪を取りだして、やおら左手の薬指にはめた。

「食べよう」促したアリスティドは、料理を盛る彼女の指で日差しを受けてきらめく指輪を見て頬を緩めた。

「この件を知ったら、あなたのお母様は絶対にご機嫌斜めになるでしょうね」スカーレットは控えめに警告しておいた。

「僕の人生であって、母の人生じゃない」

パーティーの準備のためスカーレットはパラッツォに戻る間も、アリスティドがあまりにも急激に彼女の人生の進路を変えていくせいで呆然としていた。それでも左手の薬指の指輪を見ると、二年前に彼から婚約を申しこまれていたらどんな気持ちになっていただろうかと思い起こさずにいられなかった。けれども、アリスティドは婚約を申しこんだりはしていない。今の二人の状況は何一つ現実ではなく、アリスティドに本物の永遠の誓いを申しでてほしいと願うのは感傷的すぎて、ばかばかしいにもほどがある。そんな時期はもうとっくに過ぎているのに。

パラッツォの一階は賑《にぎ》やかだった。スタッフとともにプロのケータリング業者がせわしなく出入りして、バンから台車で備品や陶磁器を運んでいる。

スカーレットはアリスティドに促されて玄関から階段へと進んだ。

「またあとで」彼は前夜一緒に過ごした寝室の入り口まで送ってくれた。「父と仕事の話があるんだ。イタリア支社は父が切り盛りしているから」

スカーレットはバルコニーに出て森や芝生、その向こうに広がる風光明媚《めいび》な田園風景に目を遊ばせた。目の前の光景は彼女の指を飾るダイヤモンドとサファイアの指輪のように現実とは思えないほど美しい。椅子に腰をおろし携帯電話を取りだして義母のイーディスに電話をかけ、双子の様子を確認したあと到着以降の自分の近況も報告した。

「ローマとアリスが生まれたときからトムも私もこうなると覚悟していたわ。唯一心配なのは、実の父親に双子の人生から締めだされる可能性よ」イーディスが不安な胸の内を吐露した。

「そんなまねは許さないわ。いずれにせよ、祖父母の地位は安泰よ。アリスティドの両親は孫に関心がなさそうだから」スカーレットは人の耳に入らないようにそっと屋内に戻ってから義母を慰めた。

その後、化粧の仕上げの最中、浴室のドアをノックする音に続いてアリスティドの声が聞こえてきた。

「そろそろ夕食の時間だ」

美しいドレスのストラップをまっすぐに直してから外に出たスカーレットの目の前にテーラードのディナージャケットと細身のズボンを身にまとい、すらりと洗練されたたたずまいのアリスティドがいた。彼も別の場所でシャワーを浴びて着替えたのだろう。日に焼けたりりしい端整な顔立ちに目を見張らずにいられない。

「きみはとてもすてきだ」心のこもった褒め言葉だ。

「ディナーの席で婚約を発表しよう」

「ちょっと早すぎない？」たちまちスカーレットは不安に駆られた。

「いや。身内や親しい友人には先に知らせるべきだ」

二日目の晩餐の席はどう見ても満席で盛況になりそうだった。おしゃべりに花を咲かせる客の間を縫ってアリスティドが叔父夫婦といとこたち、さらに二年前に知りあった顔なじみを紹介してくれた。彼の友人の妻と再会を果たしたところ、アリスティドがルークとの結婚の件を伏せていてくれたのがわかってありがたく思った。

そのとき、くだんの妻がスカーレットの左手を取り薬指を明かりにかざして歓声をあげた。「まあ……これって婚約指輪？ つまり私が考えているような意味なの？」

周囲の人が振り向くと、アリスティドの笑みがこぼれた。「そのとおりだ。結婚式の日取りは未定だが」招待客の間を抜けてそばまで来た彼が、スカーレットの体を支えるように腕を回した。

目と鼻の先で、エリザベッタ・アンジェリコが凍りつくのが見えた。怒りの形相でにらみつける黒い目が、落ちてきたつららのようにスカーレットを貫く。

「ディナーの席で婚約を発表するつもりが、クリスティンの慧眼《けいがん》に先を越されたな」アリスティドが軽口をたたいた。「こちらはスカーレット。僕の未来の花嫁にしてすでにわが子二人の母親でもある」

スカーレットは緊張して青ざめた。後半の発表が引き金となった蜂の巣をつついたような騒ぎに対して心の準備ができていなかった。

「そう。双子なんだ」まるでありふれたニュースででもあるかのように、アリスティドが間髪を入れず明るく説明した。「一歳半の男の子と女の子だ」

祝福の声が飛び交い、スカーレットは薬指の指輪に見惚《みほ》れる女性陣に囲まれた。ダイニングルームに移動して晩餐が始まっても、結婚式の話題で持ちきりだった。助言を山ほど送られたスカーレットは自分がこんな話をしているのが不思議で、会話の間も太腿をつねりながらアリスティドとの結婚式などありえず、何もかも芝居だとひたすら自分を戒めていた。食後のコーヒータイムになり席を外して化粧室に行くと、コゼッタが待ち構えていた。首の詰まった光沢のある黒いドレス姿のコゼッタはおとぎ話で呪いをかける邪悪な魔女にそっくりだ。

「あらあら驚いたわ」コゼッタがさらりと皮肉った。「あなたはほくそ笑んでいることでしょうね。辛抱強く長いゲームをしてきて、ようやくその恩恵にあずかるんですもの」

「私が？」スカーレットは首尾よく出口をふさぐ金髪の美女にいらだっていた。とはいえ突如アリスティドと結婚する野望が潰《つい》えたのだから、こんな舌戦を仕掛けてきても相手を責められない。

「アリスティドはあなたを思いどおりに操るわよ。結婚したらわが子の親権を要求してくるでしょうね。そうすれば彼の側にもメリットがあるから。この家に必要な跡継ぎを手に入れさえすれば離婚して自由を取り戻し、もう妻のことなんて考える必要もないもの」

スカーレットはわずかに肩をすくめた。「たしかにアリスティドは自分の思うとおりにするでしょう。でも、あの人がわが子を傷つけるようなまねをするとはとうてい思えない。だからといってご心配なく。あなたには関係のない問題だから」

「せっかくあなたのためを思って注意してあげたのに！」金髪美女が捨て台詞《せりふ》を吐いてようやくドアから離れた。

「余計なお世話よ。自分の面倒は自分で見られるわ」スカーレットは穏やかな口調で言い置いてさっさと退散した。悲運を暗示しようとするコゼッタの警告に耳を貸すつもりなどない。そもそもアリスティドには私と結婚するつもりなど毛頭ないのだから。アリスティドはたいていの行動において慎重で用心深い。二年前も二人の関係をすべて陰で操り、果たせない約束は絶対にしなかった。常に私のことは一時の気晴らしだと釘《くぎ》を刺すのを忘れず、こちらの期待をあおらないようにしていた。彼に妊娠を告げる必要に迫られたとき、私が不安に駆られたのも無理はない。スカーレットはそう自分を慰めた。

パーティー会場にはすでに招待客が到着していた。アリスティドは両親と一緒に笑顔で客を迎え、リラックスした様子で談笑している。一瞬スカーレットは冷静沈着な彼の様子をうらやましく思ったものの、双子の弟とともに耐え忍んだ不幸な家庭生活を思いだすとそんな羨望も消え去った。片やスカーレットは養父母の惜しみない愛情を受け、安定した家庭で幸せに育った。養親の期待どおりの娘になろうと全力を尽くしたのは事実でも、アリスティドが両親から受けたような厳しい非難に直面した覚えはない。先代のアンジェリコ夫妻は残された息子の花嫁を率先して選びたかったはずだが、スカーレットの再登場と双子の誕生のせいで夫妻の希望に満ちた野心的な計画は暗礁に乗りあげてしまったのだ。

一団に加わろうと近づいていったスカーレットを、アリスティドがすぐさま案内してくれた。母親の険のある目や小馬鹿にしたような物言いから守ろうとしてくれたのは間違いない。彼は短い廊下を通って壮麗な舞踏室に連れていき、彼女を座り心地のいい椅子につかせると合図して飲み物を持ってこさせた。お仕着せ姿のウエイターがシャンパンを注《つ》ぐと泡が彼女の鼻をくすぐった。「どうしてお母様は私をあんなに目の敵にされるのかしら？」

「母にとっては社会的地位がすべてだ。父は何百年も続く名家の出でかつては爵位も持っていた。きみは裕福とは言えず、家系図に自慢できるものもない。母が気にかけているのはそれだけなんだ」アリスティドが苦りきった顔で続けた。「母が父と結婚したのは父方の親族の社会的地位が高かったからにすぎない。一方、父は母が金持ちだから結婚したんだ。当人同士よりも家同士に都合のいい縁組で、両親は互いに好きでもなんでもなかった」

「気の滅《め》入《い》るような生き方ね。私たちがまた別れたら、ご両親はさぞかし安心されるでしょうね」

「きみが思うような安心とはちょっと違うかもしれないな」アリスティドがはっきりと伝えた。「きみの息子と娘はじきに僕の正式な相続人となる。将来何が起ころうとも、その事実を避けては通れない。慰めになるかわからないが、僕らの婚約にお冠なのは母だけだ。父は僕の結婚相手が誰でも気にしないと思う。親子といえど仲がいいとは言えないから」

部屋に客があふれて宴たけなわとなり、アリスティドは祝福の言葉と誕生日プレゼントを山ほど贈られた。紹介が繰り返され、愛想笑いでスカーレットは顔の筋肉が痛みだした。会話は常に中断の憂き目にあって薬指の指輪を見せてほしいとひっきりなしにせがまれ、二人の婚約はまるで世界八番目の不思議並みの扱いを受けた。どうやら招待客にとっては、アリスティド・アンジェリコから婚約指輪をもらうのは偉業としか思えないらしい。スカーレットは周囲の人の考えが手に取るようにわかった。アリスティドが彼女と結婚するのはわが子の母親だからこそで、それ以外の理由はないのだと。たとえ真実でも、そんな推測を意識すると気恥ずかしくてたまらなかったものの、スカーレットは懸命に自分を叱咤した。最終的に別れたとしても婚約の芝居のおかげで二人の関係がもう少し正式、かつ真剣に見えるようになれば御の字だ。

　今夜二つ目のサプライズは数時間後に起きた。アリスティドを捜して部屋の向こう側に行こうとしたとき、父親のリッカルドにダンスに誘われたのだ。不意の誘いに戸惑いながらも笑顔で受け入れたスカーレットは老紳士の足につまずくこともなく、古風なダンスの曲に合わせてフロアを踊り回った。

「お祝いの言葉が少々遅くなって申し訳ない」リッカルドが気まずそうに話しかけてきた。「だがエリザベッタにいつも私は妻の味方と思われているから、人前で騒ぎを起こしたくなかったんだ。アリスティドをよく知る人間から言わせてもらえば、息子ももう少し幸せな人生を送るべきだ。もしアリスティドを幸せにできるのなら、私はきみに一票を投じて応援しよう」妻の前では見せないあたたかい態度だった。「私は毎月ロンドンに出張するからきみの子供たちにも会いたい」

　思いがけない申し出に驚いたスカーレットはアリスティドを捜しだし、少々苦労して華やかな女性の取り巻きの輪から連れだした。「想像もつかないでしょうけど」息を切らして報告を始めた。「お父様がダンスに誘ってくれてすてきな申し出があったの。

お父様はお母様と全然違うのよ」

　アリスティドが怪訝《けげん》そうに眉をひそめた。「想像もつかないな」

「お父様はお母様を恐れているんだと思うわ」小声で続けた。「といっても、その点は私なんかよりあなたのほうがずっとよくご存じでしょうけど」

「僕は父とのふれあいがほとんどなかったんだ」アリスティドが素直に認めた。「長じてからは学校に通い、一方、仕事一辺倒の父は常に職場にいた。父がきみに好意的な態度で接したならありがたい話だが、遅きに失した感は否めない……」

「そうね」スカーレットはため息をつき、アリスティドの父親から友好的な申し出を受けたからといって自分に意見する資格などないのに気づいた。そこで気まずい話題を打ちきって彼に近づいた。ちょうどDJが交代して元気の出る明るい曲が始まったところだった。「一緒に踊りましょう……」

　アリスティドがうめき声をあげた。「僕は踊らないと知っているだろう」

「そこに立っていてくれたら私があなたの周りで踊ってあげるから」茶目っ気たっぷりに誘う。「お気に入りの曲なの」

　アリスティドはフロアの端にとどまったまま、音楽に合わせて手を振りながら流れるような動きでステップを踏むスカーレットを眺めていた。ドレスの生地がスタイルのいい体にまとわりつき、豊かな胸のふくらみとなまめかしい腰の線がくっきりと浮かびあがり、うっとりと見とれるばかりだった。体の内で欲望の波が猛烈な勢いで高まり、それと呼応するように彼の情熱の証《あかし》も岩みたいにかたくなった。

　アリスティドは前へ進んで手をのばし、スカーレットを腕に抱き寄せると飢えたような荒々しい口調で訴えた。「今夜は僕と一緒にいてくれ」

6

アリスティドの緑の瞳に熱い視線を送られたスカーレットは胃がざわめき、口も乾いてきたが、呼吸が必要とわかっているのと同じく、ノーと言えないのもわかっていた。スカーレットは再び生を実感し、求め、必要とされている気がした。頭では二人の間で始終燃えさかる惹《ひ》かれあう力を大げさに考えてはだめと戒める声がするのに、体と心は逆に喜びの歌を奏でている。なにしろ相手はアリスティドで、他の男性にはないものを感じさせてくれるのだから仕方がない。熱を帯びた沈黙の中、彼が舞踏室から連れだして二階に案内してくれた。

スカーレットが化粧台に向かいダイヤモンドのネックレスの留め金に手をのばしかけると、アリスティドの声がした。

「僕にさせてくれ」背後の鏡に映る長身のシルエットは暗くて力強い。

静寂が漂う中、冷たい指でうなじをなでられて震えるスカーレットをよそに、身を乗りだしたアリスティドが光り輝くネックレスを外してくれた。ほのかなコロンとぬくもりのある男らしい香りが鼻孔をくすぐり、うずくような親密さに過去へと引き戻されていく。彼女の華奢《きゃしゃ》な肩に彼のしなやかな褐色の手が軽く触れた。

「これはイエスという意味なのか？　それとも……ノーなのか？」

「イエスよ」スカーレットはわななく声で答えた。

自分の行動に怖《お》じ気づく一方、ワイルドで爽快な気分だ。

アリスティドがファスナーを下げて細い肩紐《かたひも》をお

ろし、ドレスを彼女の足元に落とした。神経がすっかり高ぶって彼に触れられる前からあえぎそうになったスカーレットは、ドレスに合わせた薄手のレースのストラップレスブラとリボンのついた下着にハイヒール姿で、凍りついたように立ちつくしていた。

「僕のマドンナ《マドンナ・ミーア》……僕を刺激しないでくれ。このまま天国に行きかねない」アリスティドがざらついた声でうめいた。

「このドレスに合うブラがなかったからよ。あなたのためじゃないわ」スカーレットはしどろもどろで弁解した。彼を誘惑するためランジェリーで着飾ったと疑われるのは心外だ。「お互い別々の部屋で休むと思っていたから――」

アリスティドはスカーレットと指を絡ませると、大きなベッドの足元にある彫刻を施したオットマンへと誘い、引きしまったたくましい太腿の間に彼女を立たせた。

「何をするつもり？」スカーレットは息をはずませた。

「芳醇《ほうじゅん》なワインみたいにきみを味わうつもりさ」アリスティドがピスタチオグリーンの瞳で誇らしげに突きだした胸のふくらみを見回した。そのまま細いウエストから男心をそそる豊かなヒップへと視線をおろしていくと、深々と息を吸いこむやジャケットを脱いだ。「きみは途方もなくゴージャスだ。蜃《しん》気楼《きろう》のように――」

「どういう風の吹き回し？」スカーレットは堪忍袋の緒が切れて問いただした。「芸術家のモデルじゃあるまいし、立たされたまま眺められるのは性に合わないわ。私の体はもう昔とは違う。妊娠線もあれば帝王切開の跡だってある。誰かのゴージャスな蜃気楼なんかじゃないの――」

「きみは僕以外の誰のものでもない」アリスティドがうなるように言い渡し、スカーレットを膝の上にのせてハイヒールの靴を脱がせてから自分の靴と靴下も脱いで彼女を抱き寄せた。「帝王切開？」

「土壇場で緊急事態が起こったのよ。アリスの首にへその緒が絡まって――」

アリスティドの顔から血の気が引いた。「娘の命が危険にさらされたとき、僕はそばにいるべきだった――」

「私たちは運が良かったのよ。とてもいい産婦人科だったから」

「僕はそばにいるべきだった」それでも後悔に満ちた言葉を繰り返す。

スカーレットは両手で高い頬骨をなぞりデリケートな話題からアリスティドの気をそらすと、たわむれるように唇を彼の口の端に添わせた。

アリスティドもスカーレットの誘いに乗り、やわらかい唇を引き離してわが物顔でうっとりするようなキスをしてから彼女を腕に抱いたまま立ちあがった。スカーレットをベッドに倒すと上にそびえ立ち、自分のシャツをはぎ取ってズボンのファスナーをおろすのももどかしく彼女のそばに戻ってきた。スカーレットが平らな腹を二分する黒い胸毛の線を指でなぞると、アリスティドは満足げに身を震わせた。

「この最初のキスは長くは続かないだろう」かすれた声で断りを入れてから身をかがめ、一度だけ激しい口づけをする。

彼の巻き毛に指を通してキスを中断したスカーレットは、心配そうな目でエメラルドグリーンに輝く瞳を見つめた。「あなたは私を守ってくれないと。もうピルをのんでいないから」

アリスティドがドレッシングルームへ向かうと、ドアが開く音に続いて閉まる音がした。再び姿を現した彼はベッド脇のキャビネットにホイルの包みを置いた。ようやくそばに戻ってきたので、スカーレットは筋骨たくましいしなやかな体や動くたび波打つ筋肉、ボクサーショーツでは隠しきれない情熱の証《あかし》を順に眺めた。唐突にアリスティドがにやりと笑った。「何かお気に召したものはあるかな？」

頰を染めながらも、スカーレットはわずかに肩をすくめるにとどめた。「たぶん」

「きみも僕を求めているんだろう？　きみを求めている僕に負けず劣らず……」

「そうよ」

ささやき声になったのは、かつてスカーレットがアリスティドとの親密な関係について真剣な決断を下したからだ。それでも今の二人は慣れ親しんだ場所にいるわけではなく、安全な境界線もない。危険を冒しているのは承知のうえだが、深く考えすぎてプライドと常識のせいで引き下がりたくなかった。だめよ。引き下がるほうがずっと楽だけど。スカーレットは悲しげに思った。これまでで一番アリスティドを求めているし、二度とないチャンスを逃したくはない。

アリスティドが両手を彼女のヒップからウエストへとあげていきブラジャーを外して、カップから解き放たれた豊かなふくらみにつかの間、顔を埋《うず》めた。

「きみの肌の香りと味わいが大好きだ」

とがったピンクの先端を彼の口に含まれたとたんスカーレットは息をのみ、骨盤を熱い矢に射抜かれて身をよじらせた。アリスティドに敏感な両の蕾《つぼみ》をからかわれ、胸のふくらみをもみしだかれると快感の洪水にのみこまれ、頭がくらくらして長い冬のごとく感じていた体が再び目覚めた。

しっとりと熱い体の芯をアリスティドになぞられた拍子に興奮が彼女の全身を駆け巡り、めくるめく喜びの波が押し寄せてきた。続いて女らしい体に沿って下におりた彼にもっともやわらかくて敏感な女性の源を愛撫《あいぶ》されるうち体がとろけだし、熱い欲望の頂へと駆けのぼった。その後も彼女を乱れさせる術《すべ》を熟知したアリスティドに丹念にもてあそばれる間、スカーレットは腰を持ちあげて体をくねらせ、背中を弓なりにそらした。彼女を支配する欲望の脈打つうずきが抑えがたい高みへと上昇するにつれ、叫び声をあげながら狂おしい絶頂の極みへと舞いあがり、人形のように力なく枕に背を預けた。

するとアリスティドがボクサーショーツを脱いで避妊具の包みを歯で破った。

「危険だわ」スカーレットは彼の手から避妊具を取りあげて体を起こし決然と、猛々《たけだけ》しくそそり立つものに避妊具をかぶせてなじませた。予期せぬ妊娠のリスクを少しでも回避したくてとっさに手を出してしまったのだ。結局のところ、双子はどちらも気づかないうちに不注意で妊娠した可能性が高いのだから。

スカーレットに避妊具をつけてもらったのは初めてでまさかの大胆な仕草に驚きつつも、アリスティドはかえって激しい興奮に駆られた。

そのまま、しなやかな動きで彼女に覆い被《かぶ》さるとぴったりと体を重ねた。スカーレットが彼の首に腕を回してきたので突如、欲望に押し流されそうになったものの今度は用心深く慎重に進めようとした。たおやかな太腿を押し戻し、快感で雄々しく野太い声をあげながら熱く締まった彼女の中に身を沈めた。快く迎え入れられると、もう何も考えられなくなった。何一つとして。

なおも悦楽の海を漂っていたスカーレットは、アリスティドに突然、深々と貫かれ、悩ましげな声をあげた。至福の快感の渦が下半身まで広がり、快楽に身をゆだねた彼女は、アリスティドが奥まで突き進むにつれ腰を浮かせた。猛烈な渇望が、高鳴る心臓の鼓動や脈拍にも劣らぬ速さで彼女の全身をくま

打ち明けた。

アリスティドは手を差しだした。「さあ、もう遅いから……ベッドに戻ろう」

スカーレットが自然で朗らかな笑顔で彼を見あげた。体が張りつめながらも、アリスティドは差しだされた手を取る彼女を風呂から引きあげて、浴室が水浸しだと文句を言う合間にタオルで体を包んで拭いてやった。

それから生まれたままの姿のスカーレットを抱きあげると、再びベッドに横たわらせた。

身を乗りだして目にかからないよう彼女の髪をなでつける。束ねた髪を風呂あがりにおろしたせいで乱れていたのだ。再会してから初めて、スカーレットはリラックスして見えた。彼の口は甘くも独特な味を求めて彼女の口元をさまよってから、細い首筋を伝って脈打つ部分でとまり、敏感な肌を吸った。

「甘噛みなんてよしてね」エロティックな猛攻撃にスカーレットは息も絶え絶えだった。「二人ともティーンエイジャーじゃないんだから」

「僕は十代の若造みたいに盛りのついた気分だよ、僕の美しい人《ベッラ・ミーア》」アリスティドはにやりと笑い、体を動かして欲望の印を見せつけた。

スカーレットが彼の上に転がり胸板に指を広げて目を閉じ、唇をとがらせたので、アリスティドは彼女の手を下へと誘いさらなる探索を促した。

「こんなことをしていたら僕の血は沸騰しかねない」数分後にぼやきながら避妊具に手をのばしたあと、彼女を自分にまたがらせて深々と刺し貫いた。

興奮が再び高まり、スカーレットはあえいだ。息もつかせぬ汗ばむような何分かの間、狂おしい興奮が持続したのち、再びのぼりつめ歓喜の頂点に達した彼女は力なく倒れこんだ。

「もう二度と動けないかも」

「それは挑戦かな？」

アリスティドに腕を回したまま彼女の目が閉じたかと思うと、ほんの数分ですやすやと寝入っていた。

それに引き替えアリスティドは、桁外れの恍惚《こうこつ》感にショックを受けて目が冴《さ》えていた。自分が危険な領域に足を踏み入れかけているのは百も承知だ。スカーレットとの過去の関係に戻りたくはない。あえて彼女を信用する勇気はなかった。それでも二人はすでに当分の間、偽装婚約から抜けだせない。スカーレットがわが子の母親だと考えれば、なおさら厄介な状況になりかねない。良識を覆す劣情に身をゆだねてしまったが、明日の朝には二人の立場をはっきりさせなければならないだろう。

目を覚ましたスカーレットはベッドで朝食をとることになった。

メイドに膝の上にトレイを置いてもらう間も恥ずかしくてたまらなかった。すっかり寝坊してしまったのだ。片やアリスティドは一晩中彼女を眠らせてくれなかったくせに、激しい夜の営みに何ら影響も受けず、いつもどおり夜明けとともに起きだしたらしい。枕にもたれたスカーレットは慎重にシーツを引きあげて裸を隠しながら、ドレッシングルームで別のメイドが二人のスーツケースを開け放して荷造りの最中なのに気づいた。

アリスティドはどこにいるのかしらと考えていると、当の本人がコーヒーカップを手にバルコニーから姿を現した。「よく眠れたかい？」けだるげに尋ねる。

ほほえんでいても彼の全身にみなぎる緊張は明らかで、なぜそれを隠そうとするのか不思議に思わずにいられなかった。「ぐっすりとね。ローブを投げてくれない？」

膝のトレイを脇に置くと、スカーレットはローブに袖を通してからベッドを出て浴室に向かい身なりを整えた。こちらは髪をとかすチャンスさえなかったのに、上品なスーツに身を包んで非の打ち所のない身だしなみのアリスティドを迎えるはめになるなんて、ばつが悪いにもほどがある。彼女は急いで洗面用具をまとめて荷造りのすんだスーツケースにしまい、帰国用の服を取りだして脇に置いた。

「出発まであとどのくらい？」

「一時間だ」

「もっと早く起こしてくれればよかったのに」

実のところ、スカーレットはおなかがぺこぺこだった。空腹でなかったら、トレイを押しのけて着替えるところだが、代わりにペストリーとリンゴを平らげてミルクたっぷりのコーヒーを飲み干した。トレイを置くと着替えに行き、化粧もすませて十五分後サンドレス姿で出てきた。

「きみはサンドレスがよく似合う――」

「アリスティド、私に何を話しに来たのか教えて」単刀直入に言った。「それともフライトまで話はお預けかしら」

「僕の意図はそんなに見え見えだったかい？」

スカーレットはそっと息を吐きだした。「かなりね。昨夜の件ならあなたの胸に秘めておいて」

眉根を寄せた浅黒いハンサムな横顔が張りつめた。

「僕ら二人をこの危険な場所に連れてきたのは他ならぬ自分だから、舵《かじ》取りをしなければならない」

「それなら舵取りを始めて」スカーレットはそっけなく言い置いて浴室に入り、化粧品を詰めてからブラシを手に取りスーツケースに入れた。彼女の気配を察して気を利かせたメイドが音もなく出ていった。

「婚約指輪をはめるんだ」アリスティドが念を押した。

スカーレットはサファイアとダイヤモンドの指輪を薬指にはめ直して残りのジュエリーをゆっくりとつけた。「全部お芝居だってわかってるわ」彼に釘《くぎ》を刺す。「これ以上何もあなたから期待していないから」

「昨夜は浅はかだった――」

「その結論に達するまで、夜明け前に何時間もかかったなんてすばらしいこと」スカーレットは鼻で笑った。アリスティドを絞め殺したくなるほど傷つき、怒りがふつふつとこみあげてきた。

その間にドレッシングルームのドアが開き、荷物が運びだされた。寝室のドアがようやく閉まるころには、彼女とアリスティドとの間にはゴビ砂漠よりも乾いた長い沈黙が流れていた。

「きみは僕に腹を立てているんだな」

スカーレットは振り返って彼を見た。ダークブルーの目がやけに輝いている。「復讐《ふくしゅう》だったの？」

「いったい何の話だ？」

「ベッドに誘って先手を打ったことよ。現実を見ましょうよ。私があなたに怒っているよりも、あなたのほうが私にずっと腹を立てているわ。双子の誕生を黙っていたせいで」

「そんなことはない。僕はそんな心の狭い男じゃない」アリスティドが不快感もあらわに断言した。「だが父親になったと知らされた瞬間から、この週末はジェットコースターに乗っているみたいだった。僕は自分らしいとは言えなかった。抑圧されると緊張は高まるばかりで、セックスは緊張を解き放つのにすばらしい手段になる」

とっさにスカーレットは浴室に入ってグラスに水道水を注《つ》ぎ、部屋に戻ってくるなり中身を彼にひっかけた。考えて反撃したわけではなく、どこまでも衝動的な行動だった。

「ちくしょう《ポルカ・ミゼリア》！」シャツの前がびしょ濡《ぬ》れで、水を滴らせて呆然《ぼうぜん》と彼女を見つめ返すアリスティドの顔は他の状況であれば滑稽なくらいだ。

「謝るつもりはないわ」スカーレットは身構えるよ

うに言いきった。「あなたには当然の報いだから。結果を受け入れる覚悟がないなら、緊張をほぐすために私の体を利用したなんて言わないで。怖じ気づいたのなら、そう言えばいいのよ。説明は必要ないわ。私たちは夢中になってしまい、一夜限りで思い出をたどっただけ。もう二度と起こらない以上、お互いに忘れない？」

ブロンズ色の顔を蒼白《そうはく》にしてドレッシングルームに入っていったアリスティドは、シャツを着替えて再び姿を現した。「空港から双子に会いに直行したいから手配を頼む」

スカーレットは体をこわばらせたまま紅潮した無表情な顔で答えた。「義理の両親に伝えるわ」

「義理のご両親に何の関係があるんだ？」

スカーレットは彼をにらんだ。「私の留守中、誰があの子たちの面倒を見ていたと思うの？　イーディスとトムは双子をとてもかわいがってくれているわ」

アリスティドは口を真一文字に結んでそれ以上何も言わなかった。実際、空港までの道中どちらも無言だった。機内でシートベルトを締めたあと、スカーレットはファッション雑誌とにらめっこしていた。自分が打ちのめされていると知っていても、あえてその事実を口に出す必要はない。アリスティドに拒絶された大きな苦痛や心の傷のせいで失意のどん底に落ちかけたものの、前線の兵士よろしく必死に踏ん張っていた。アリスティドには以前にも心無い言葉で傷つけられたことがある。心の傷はあとでどうにかするとして、さしあたりは自分の義務を果たそう。

二人の間のすべてが一変してしまった。過去は過ぎ去り、アリスティドはもっか双子の父親としてまったく別の形で彼女の人生に舞い戻ってきた。今後は、かつて彼が自分にとって大切な存在だったのを思いだして感情的になったりせずに対処しなければならない。アリスティドと自分はもう無関係だが、彼はこれから双子との関係を育んでいく。礼儀正しく接する術を学ぶほうがよさそうね。スカーレットは冗談めかして考えた。でも今の私は彼を憎んでいるのに、どうして礼儀正しくできるだろう？

　アリスティドを憎んでいるのはたしかだが、それ以上に、かつて愛した男性との親密なひとときと引き替えにプライドや自衛意識を捨てた自分の愚かさ加減を呪わずにいられない。それ以外に何があるというの？　アリスティドは私とのセックスが一夜の情事以上の意味を持つのを決して許さないだろう。元恋人の私は彼の過去に属する存在で、現在には属さないのだから。

　では、なぜ私はこれほど傷ついたのかしら？　アリスティドは寛大な人ではない。私がかつて別の相手と結婚して彼の子供の存在を隠したことを絶対に忘れないだろう。どう考えても、私は彼に不当な扱いをしてしまった。その事実に二年前は気づかなかったくせに、どうして今になってはっきりわかるのかしら？　もっとも理由なら心得ている。私はパニックに陥ったのだ。真実を明かすよりアリスティドを見捨てて、ルークとの安全な結婚生活を選んだのよ。アリスティドはその選択ゆえに私を軽蔑している。私は本当に彼を責められるの？

　それでもスカーレットはアリスティドを責めた。過ぎ去った夜や自分の体をうずかせる親密な痛み、さらには彼が冷たく残酷にそれを利用したせいで。アリスティドに対して無関心でいられるという仮面を、彼がはぎ取ってしまったのだ。そして今やスカーレットの心は粉々に砕け散っていた。私は救いようのない愚か者のように軽率な振る舞いをして、過去のものでしかない感情を再びかき立てた。今の傷心も自業自得で、自分を哀れむのは許されない。昨夜アリスティドは何度も私に引き下がり、断る機会をくれた。彼は嘘《うそ》をつかず、誘惑もせず、口先だけの約束もしなかった。仮に仕返しだったとしても、その最終結果に満足するそぶりは見せなかった。

いずれにせよ、私にとっての最終結果は混乱だ。アリスティドを初めて双子に会わせる寸前に、味わう必要のない混乱だ。二人の間に起きたことは変えられない。アリスティドにグラスの水を浴びせたのはすでに後悔している。自分の動揺した姿を彼に見せるべきじゃなかった。あんなふうに心の傷を見せたりしなければよかったのに……。

7

ジェット機がロンドンの空港で地上走行する間に、スカーレットが通路に身を乗りだしてアリスティドのノートパソコンの上に婚約指輪を置いた。

「同意した以上、きみは自分のためにも子供たちのためにも芝居を続ける必要がある」アリスティドは厳しい顔で告げた。「きみが指輪を外しても僕らは何の得にもならない——」

「〝僕ら〟なんて言わないで」スカーレットはとりつく島もない。

アリスティドは白い歯を食いしばり、普段は自制心のある自分が始めた茶番劇を心底、軽蔑した。それでも、わざとさりげなく指輪を彼女に投げ返した。

「今のところは指輪をしていてくれ。理にかなっている。きみもわかっているだろう。世間というのは親権争い中で仇敵《きゅうてき》の元夫婦よりも、ロマンスや和解を好むものだ」

床に転がり落ちる前に指輪を再びつまんだスカーレットは恐怖に凍りついた。親権争い？　アリスティドが法的措置について触れたのは初めてで、その場の勢いで放った脅し文句のようなものだろうか？　それともこの先、私を待ち受けるもの？　ともあれ、双子の親権を巡って争う可能性をほのめかされただけで、骨の髄まで冷えきってしまった。スカーレットはしぶしぶサファイアとダイヤモンドの指輪を指にはめ直しつつ反省した。たしかに指輪を突き返すなんて子供っぽい振る舞いとしか思えない。

アリスティドには自分の大嫌いな一面を引きだされてしまう。スカーレットは自己否定を続けないよう口を一文字に結んだ。自分の失態を責めても何の得にもならない。結局のところ、双子の生活の一翼を担おうとするアリスティドの決意からは逃れられない。私がまだ学んでいないのは、そんな状況に優雅で粋に対処する方法だ。私を悩ませているのは、アリスティドにこれ以上触れられた場合の個人的な問題だ。アリスティドに対してあまりにも敏感で感情的になってしまうから、そこを変えなければ。その影響で傷つく可能性があるのは他ならぬ自分しかいないのだから。

キャビン後部から再び現れたアリスティドはジーンズに緑の長袖Tシャツというカジュアルな服装だった。「幼い子に会うにはこんな格好のほうがいいだろう」デニムに包まれた張りのある引きしまった尻に手を滑らせたのはどうやら無意識らしい。

アリスティドも緊張しているのだと気づき、スカーレットは面食らった。「幼児の扱いはどれくらい知っているの？」

「ゼロに等しい。親族に子供はいるが、僕が関わった子はいない。子持ちの友達も数えるほどで個人的にはほとんど接点がない」
「ローマとアリスはとても人懐っこいから、あなたと打ち解けるのにさほど問題はないと思うわ」初対面でうまくいけば誰もが楽になると承知のうえで、スカーレットは彼の不安を和らげようとした。

リムジンが渋滞に巻きこまれた際、アリスティドはスカーレットを密《ひそ》かに観察した。沈黙がいやでたまらない。彼女の屈託のない笑顔やおしゃべりがないのが。それでも僕はやるべきことをやったのだ。アリスティドは自らを慰めた。二人の間に境界線を引き直したのだから。またもか？　皮肉っぽい内なる声に彼はたじろいだ。ことスカーレットの件になると、こだわってしまうのが僕の弱点だ。それに対処して前に進み、自分の人生に戻り、完全な終止符を打つ気じゃないのか？　とはいえ、いつになったら心をむしばむ彼女への渇望をとめられるのだろう？

スカーレットは危険だ。彼女のせいで僕はバランスを崩し、分別もなくしてしまう。だがプライドを守るため、二度と彼女にだまされるわけにはいかない。スカーレットを信用できない。彼女は僕にとってトラブルの種だ。それなのになぜ距離を置くのがこれほど難しいんだ？

かつてスカーレットが僕を信じられないほど幸せにしてくれたのは事実だが、その経験の余波は大変な試練と身にしみてわかった。もう二度と拒絶によるあんな地獄を味わうつもりはない。これからは境界線を大事にしよう。それが二人のためになるのだから。くそっ《アッチデンティ》！　それなのに、なぜ僕は今もまだスカーレットから目を離せず、彼女のことばかり考えているのだろう？

スカーレットの予想よりも早く、車はルークと暮らしていたアパートメントに到着した。アリスティドをイーディスとトムに改めて紹介する最中、ローマとアリスが飛びついてきて彼女はバランスを崩しかけた。熱烈な歓迎に笑い声をあげたものの、そもそも双子を置いて出かけた罪悪感で涙ぐみ、義理の両親とアリスティドを残してよろめきながら居間に入り、双子と一緒に床に転がった。

「イーディスと私は失礼するから家族水入らずで過ごすといい」いつもながら親切で控えめなトムがドア口から声をかけてきた。

スカーレットは立ちあがり、感謝の思いでとっさに義父を抱きしめた。義理の両親は養父母よりもずっとおおらかで、考え方も若い。

アリスティドが革張りのソファに腰をおろすやいなや、アリスが駆け寄って彼の膝にもたれかかった。

「この子は男の人が好きなのよ」ぎこちなくつぶやいたスカーレットは、アリスティドを警戒して積み木のそばでうろうろしているローマを見守っていた。

「きっとルークが恋しいんだろう」

「事故が起きたとき双子はまだ乳飲み子だったからルークの顔も覚えているのか疑問だけど」

アリスがソファをよじのぼり、アリスティドの横で親指を口にくわえて広い肩に体を預けた。

アリスティドはそばに来た女の子に心奪われ、生き生きとした小さな顔や笑いかけると返ってきた満面の笑みを穴が空くほど見つめていた。「とんでもなくかわいい子だな」

双子の妹に負けじとローマもソファをよじのぼり、単に行く手を阻む障害物であるかのようにアリスティドを乗り越えた。

「この分だとローマのほうが手を焼きそうだ」アリスティドがアリスを床におろしてやると、女の子は積み木のところに行って塔みたいに積み始めた。

できあがった積み木の塔をローマがたたいて崩し、楽しそうに笑っている。

「二人で双子を庭で遊ばせてもいいし……公園の遊び場に連れていってもいいわ」ローマがおもちゃの飛行機を手に轟音《ごうおん》をまねしながら部屋を駆け回るので、スカーレットは助け船を出した。「二人とも遊ぶのは短時間で、そのあとはお昼寝が必要だから」

「遊び場に行こう。そこなら僕たち四人になれる」

「ここでも四人だけよ。イーディスとトムは邪魔しないから」スカーレットは穏やかに言ったものの、双子の必需品をバッグに入れ始めた。かつてのルークの家で、いたるところに亡き夫や双子と一緒の彼女の写真が飾られていてはアリスティドもさすがに居心地が悪いのかもしれない。

幸い午後も遅い時刻だったので公園は閑散としていた。ブランコに乗せてもらってはしゃぐアリスと、妹の背を押すアリスティドの脚にしがみつき、自分の番をせがむローマを見てスカーレットの顔がほころんだ。アリスティドは子供二人を失望させまいと四苦八苦しているに違いない。黄色い声を張りあげて滑り台を滑りおり、泥だらけの水たまりを楽しそうに踏みしめるローマににこっと笑いかけるアリスティドの笑顔に、彼の思いもよらないのんびりした気さくな一面が垣間見えた気がした。

さしもの元気いっぱいの双子もエネルギー切れになるのは時間の問題で、疲れたローマが滑り台のステップから落ちて泣きだした。スカーレットが別の子にブランコを譲るため抱きあげると、アリスも号泣し始めた。

「二人ともそろそろ昼寝の時間だな」アリスティドはたくましい片腕で不満たらたらのローマを抱えて車に戻った。

実のところ、息子と娘に初めてまともに会ったアリスティドは動揺していた。双子は無邪気に想像していたよりもずっと活発で要求が多く、安全な場所で遊んでいても転ぶのでそのたびぎょっとした。アリスの涙に濡《ぬ》れた緑色の瞳で見つめられると、胸がよじれそうになる。

さっきまで泣いていたローマが車内で彼の携帯電話に興味を示すのを見て、アリスティドは双子の成長をどれだけ見逃していたか今更ながら思い知った。ローマとアリスは小さいながらもすでに一個の人間として個性が際立ち、かつての自分とダニエーレのようにそれぞれ違う。時計の針は元には戻らないとわかっていながらも、やるせない思いだった。

それもあって遊び場で見知らぬ男性を何と呼んでいいのかわからず戸惑っていたローマに、自分は父親だときちんと伝えることにした。

「もう芝居は必要ない」頬を染めるスカーレットに伝えて明るい緑の瞳でまっすぐ見つめた。「いろいろありすぎたから二人をこれ以上、混乱させたくないんだ」

いくらアリスティドにそう言う権利があるとわかっていても、スカーレットは短い間ながらもルークの父親としての役割を白紙に戻してしまい、心の一部では後悔に駆られていた。頭ではローマとアリスがルークの顔もうろ覚えだとわかっている。自分も前に進み、変化した親の役割に適応が必要だと重々承知で、受け入れてもいた。

見れば、アリスはアリスティドがいなくなるのを恐れているかのように太い腕にしがみついたままだ。一方、ローマはアリスティドの携帯電話に触らせてほしいとせがんでいる。初めて双子の注目の的でなくなって、母親としてはちょっぴり胸がうずいた。

双子がベッドで昼寝中、スカーレットはアリスティドをコーヒーでもてなした。

「それで」彼の向かいに腰をおろすと、実際の気分よりも明るく朗らかに話しかけた。「あなたと子供たちの関係はどんなふうに発展していくと思う？」

「普通の関係になる」アリスティドがそっけなく答えた。「今の双子の暮らしは普通とは言えない」

スカーレットの口が乾いてきた。「私はそうは思わないわ――」

「むろんそうだろう。きみが選んだ生活なのだから。現実には血のつながりのない祖父母や父親との」

「イーディスとトムは心からローマとアリスを愛しているのよ――」

「双子への愛情を否定するつもりはないし、二人とも良識のある夫婦に見える。それでも僕が双子の生活の一部になれば、子供たちに会う機会が減るのは避けられないだろうな」

スカーレットはアリスティドの鋭い詮索の目を意識しながら深呼吸して息を整え、大好きな義父母に対する彼の態度への狼狽《ろうばい》を見せまいと心に決めた。

「私は双子のために最善を尽くしたいだけなの」さりげなく伝えた。「自分の勝手で独占欲を持ったり、意見を押しつけたりしたくないわ」

「明日、弁護団と会うので合法的に対処しよう」

「思わずひるんでしまう予告ね」スカーレットは顎をつんとあげた。「当面は法的な問題にわずらわされずに子供たちと仲良くできないの？」

「ローマとアリスには僕の名字が必要だ」

「それはわかるわ。でもあなたが子供たちと仲良くなれるよう面会交流の取り決めについては柔軟に対応するつもりよ」

アリスティドが突然いらだちもあらわに息を吐き、背もたれにもたれた。凛《りん》とした力強い顔、こわばった顎の線、刃物さながら鋭い緑の目。「そいつは僕にとってはかなり難しいだろうな。きみは街の反対側に住んでいる。僕は出張が多く、当然ロンドンで過ごす時間を増やすつもりではいるが、たとえ家業の本部があってもロンドンは故郷ではない。ときどきプレゼントを持ってきて冒険させてくれる単なる訪問者ではなく、普段から父親になるにはどうしたらいいだろう？」

「うまくいく方法があるかわからないわ」スカーレットは悔しそうな顔で認めた。「でも今のところ、双子は私抜きで暮らしていくには幼すぎるから法律家を連れてきても変わるとは思えない」

「なにもきみを双子から引き離すつもりはない」アリスティドは静かにたしなめた。「僕は馬鹿じゃない。二人にとってきみはいわば安全地帯で、きみの存在によって僕と双子の絆《きずな》が強くなるのもわかる」

スカーレットは唾をのんでうなずいた。この話の行きつく先は不明だが、彼の譲歩のおかげで少し狼狽が和らいだ。

「だから、きみに双子を連れてタウンハウスへ越してきてもらいたい。学期も終わって夏の間は自由だ。僕と一緒に暮らせば、きみが仕事に戻る前にもっと普通の家族関係を築ける」

スカーレットの息が荒くなった。またしてもアリスティドに受け入れる心の準備ができていない提案をされて不意打ちを食らってしまった。

「仕事の間はイーディスとトムに育児を頼っていて、それは私がここに住んでいるからうまくいっているだけなの。あなたとの同居は私には難しすぎると思う。特にイタリアで私たちの間に起こったことを考えたら」唇はこわばっていたものの、あえて彼に釘《くぎ》を刺した。

「さっきの話は変わらない。僕らは夫婦として一緒にいられなくても、お互いわが子のために大人として振る舞うだけの分別と、双子の幸せを願う気持ちはあるはずだと信じている」

アリスティドの言葉にスカーレットの口は乾き、緊張した体に純粋なパニックの衝撃が走った。「いいえ。引っ越すつもりはないわ。自分の居場所が必要なの。私には自分のスペースを持つ資格がある。あなたのために、あなたの家に越したりはしない。私にとっては極めて不愉快な話なの。あなたが私の元恋人だから！」か細い声で念を押した。声を抑えようとしても上ずってしまう。「答えはノーよ、アリスティド。これ以上、何もあきらめないわ。なぜなら二年前に私が決めた選択について、あなたのせいで良心の呵責《かしゃく》にさいなまれているからよ！」

アリスティドのこわばった顔に危険な怒りの炎が揺らめいた。「それなら合法的なルートで万事規則どおりにやろう」

「なんだか脅しみたい」スカーレットはざらついた声で非難した。「何とか償いたいのは山々だけど、あなたに私の人生をことごとく支配されるわけにはいかないの！」

「秘密のボーイフレンドでもいるのか？」アリスティドが平然と尋ねた。

今やすっかり気色ばんで、スカーレットははじかれたように立ちあがった。「まさか。もちろんいないわ。イタリアであなたと一緒に過ごしたというのに、よくもそんな質問ができたものね！　他はどうあれ、私は浮気なんてしないわ――」

「だがきみは二年間、僕にそう思わせて喜んでいたじゃないか」アリスティドが厳しい口調でたたみかける。「ルークとの結婚を報告してきたとき、きみは僕からどう思われようと気にしなかった！」

思いだしたくない記憶を呼び覚まされて、スカーレットは片手をぎこちなく動かした。「あれは違う――」

「違うとは思わない。なぜ僕が今どの点においても、きみを信頼しようと必死で努力していると思うんだ？」ぶっきらぼうに尋ねたアリスティドの視線は、舌先で下唇を湿らせる彼女のピンク色の口元に釘付けになった。体の位置を変えながらも、渇望が密かな無言の威嚇のように彼の体を貫く。

「たしかにパーティーであなたのパートナーになることには同意したわ。偽りの婚約にも同意したけれど、いつになったら満足するの？」怒りに任せて問いつめながらも、スカーレットはどう見ても彼を苦しめているのと同じ渇望の影響を受けていない。そんな気づきがアリスティドの怒りの火に油を注いだ。

「あなたに脅されて自分がしたくないことまでするつもりはないわ！」

「きみを脅すつもりはない。僕は合理的になろうとしているんだ」アリスティドも負けじと言い返す。「僕ら全員にとってこの恐ろしい状況を作りだしたのはきみだろう。もっか僕は誰も傷つけたり脅かしたりせず、最善の方法で解決に努めているところだ」

スカーレットがゆっくりとうなずく。サファイアブルーの目に突然心の傷と非難の色が浮かび、青白い顔が暗くなった。「この状況を作りだすには二人の人間が必要よ。二年前あなたもこの状況の一端を担ったのに、それを認めたがらない。自分の責任でもないのに、妊娠を打ち明けるのが怖かったのは誰のせい？　あなたは白か黒の考え方しかせず、グレーを認めない。交際中もずっと、あなたの人生で私はかりそめの恋人にすぎないと注意し続けていた。あなたと一緒に暮らす間、私は神経をすり減らしていたけど、私たちの関係をそんなふうにしてしまったのはあなたよ」

率直な反論を受けてアリスティドは顔色を失い、緊張した。「あのころ、僕はきみに対して正直であろうと決めていた。もっと年をとるまで、結婚も子供も望まないと言ったのは本心だ。僕らは二人とも責任ある行動をしていたから、まさかきみが妊娠するなんて考えもしなかった。そんな予想外の展開や、きみが僕から選択肢をことごとく奪うほうを選ぶリスクを予測できなかったからといって、僕に責任を負わせないでくれ」

「もうどうでもいい話よ」スカーレットは慌てて意見を翻した。自分をさらけだしすぎたのが怖くなり、これ以上、互いのためにならない無意味な議論に深入りすまいと心に決めた。

椅子に腰をおろしながら、二人を隔てる理解の溝に完敗を認めていた。何の前触れもなく、アリスティドのぎらつく緑の目にぶつかるまでは。彼女を内側から焼きつくすほど熱い視線で、アリスティドが必死に隠そうとしていたものが一瞬、垣間見えたのだ。まさに今朝、私を拒絶した男性が今もまだ私への渇望に燃えているなんて。

そのおかげで本人が見せたがっているほど、アリスティドが冷淡で自制の効いた人間ではないとわかってほっとした。彼は復讐《ふくしゆう》やくだらない緊張をほぐすためにあの夜、狂ったように情熱的に体を重ねたわけではない。私に触れずにいられないからあの夜、狂ったように情熱的に体を重ねたのよ。スカーレットはそんなささやかな洞察力と自分が彼に及ぼす力に喜びを覚え、少しだけ胸を張った。自分の一挙手一投足にまとわりつく彼の灼熱《しやくねつ》の視線を痛いほど感じていた。

スカーレットの甘美な口元からゆっくりと笑みがこぼれ落ちた。彼女が気持ちを切り替えたのに驚くと同時に完全に心を奪われたアリスティドは、輝く緑の瞳で用心深く見つめた。

「タウンハウスへの引っ越しを考えてみるわ」スカーレットは穏やかながらも力をこめて伝えた。アリスティドを驚かせたのはもちろん、そんな気持ちの変化に我ながら仰天していたが、欲求や渇望のにじむ彼の目を見ただけで一瞬のうちにすべてが一変したのだ。「でもその代わり、あなたはイーディスとトムを見下すような態度を考え直さないと。二人とも今では私の家族だから。私たちの絆は深いの。ルークと小学校で友達になったときから、彼の一家は私の第二の家族になったのよ」

「そこまで昔なじみとは知らなかった」

スカーレットは小さな鼻にしわを寄せてから再度ほほえんだ。「あなたは私の人生の細かい部分にさして興味がなかったものね」

露骨な言葉にアリスティドは思わずたじろぎそうになったものの、彼女の寛大な笑みが言葉のとげを和らげた。彼は批判の真意を理解していた。心の一部を切り離しておくため、他人が当然と思う感情的に親密な関わりを避けてきたからだ。ダニエーレの死以来、誰も寄せつけなかったのに、他の誰よりもスカーレットとは心の距離を縮めてしまった。その結果、自分がどうなったかというと……。アリスティドは苦々しい思いをどうにか抑えた。

「私はイーディスとトムを愛しているし、双子も二人が大好きでなついているわ」スカーレットが静かに続けた。「どこまでもあの子たちの祖父母だからこれからもそう扱ってほしいの」

「よかろう……」アリスティドは彼女の中で何が変わったのか、自分に笑顔を返す理由が何か理解に苦しみつつも即答した。

スカーレットがタウンハウスへの引っ越しを〝考えてみる〟と約束してくれただけで御の字だ。僕の望みは彼女と双子が僕の自宅で暮らすことだ。あまりにも強い望みで今はそれしか考えられない。

今一番大切なのはローマとアリスを知る最高の機会を得ることだ。アリスティドは自分の心をなだめた。スカーレットにどんな試練を与えられようと、現段階では他はどうでもいい。この先、間違いなくわかるだろう。彼女の愛らしい瞳の中に油断ならない挑戦の輝きが見えるから間違いない。スカーレットは僕をどこに連れていこうとしているのだろう。アリスティドはそういぶからずにいられなかった。

「あの人と一緒に暮らすの？」数時間後、スカーレットの居間で友人同士ワイングラスを傾けていると、ブリーがおそるおそる尋ねてきた。「あなたと彼と、どっちの頭がおかしくなったのかしら？」

スカーレットは思わず噴きだした。

「ただし寝室は別々よ」皮肉たっぷりに説明した。「あなたが思うほど画期的な引っ越しではないわ」

「まあ、そうでしょうとも」認めながらも友人はなおも驚きで首を振っている。「あなたはパーティーで恋人役を演じたかと思えば、次の瞬間には薬指に指輪をはめていた。その一瞬後には、彼はあなたを自宅に住まわせようとしている――」

「私は考えてみるとしか言ってないわ」スカーレットは友人に念を押した。「まだ完全に決めたわけじゃないから。アリスティドは何事もさっさと進めたがっているけど、しばらくは待たせるつもり」

「意趣返しをするつもりなのね」ブリーが含み笑いをもらす。

「私たちの関係をややこしくするようなことはしないわ」本当はすでに決心していたので、真実を語っていないのは百も承知だ。

学期が終われば引っ越して、アリスティドは父親役を演じるようになる。一方スカーレットは彼の不可解な行動の理由を解明する。冷静な決断力で名高い男性が何度も線引きを曖昧にするのは、どうにもおかしい。

単純にルークと結婚してわが子の存在を秘密にしていた私を、アリスティドは許せないのかもしれない。ただ彼の考え方や反応に単純なところがあるとは思えない。アリスティドは言うこととやることが違い、以前の交際中は彼の意図がつかめなかった。

たしかにアリスティドは謎めいているが、正直もう謎めいた彼にはうんざりだ。

翌日の午前中、スカーレットはアリスティドのオフィスに電話をかけた。「あの……アリスティド？」

「もう届いたのか？」小学生みたいに張りきった声だ。

スカーレットは唾をごくりとのみこんだ。本気でアリスティドを失望させたくなかった。双子の遊び道具にと彼が買ってくれた大きなジャングルジム兼プレイハウスに、キッチンにいるイーディスはいまだ興奮冷めやらぬ様子だ。

「届いたわ」スカーレットは渋い顔をした。「でも問題があるの。サイズが合わなくて。ここの裏庭には大きすぎるからタウンハウスの庭に置いて」

「無理だ。二台買ったから」アリスティドが歯切れの悪い口調で答えた。

「それなら子供の遊具がない場所に寄付してちょうだい」仕方なく助言した。「気前がいいのはけっこうだけど庭の広さを過大評価しすぎよ」

「すまない」アリスティドが張りつめた息をついた。「また連絡する」

電話を終えたスカーレットは顔を曇らせた。彼にしては珍しい失敗で後悔の念がひしひしと伝わってきたせいだ。我ながら甘すぎる自分に腹が立つ。そう思いながらも衝動的な行動をよく考える前に携帯電話を手に取り、双子が現在使えるおもちゃや用具のリストを彼にメールで送っていた。

〈これでうまくいく。ありがとう〉

安堵《あんど》感がスカーレットの全身に広がった。その一時間後、美しい花束が届いた。見慣れたＡＡのサインに目頭が熱くなり、彼女はおもむろに深く息を吸いこんだ。だめよ。この件で感傷に浸るつもりはないし、またも恋に落ちる危険を冒すつもりもないわ。

アリスティドがいない間ずっとあれほど惨めな思いを味わったのだから……。

それでも当時は惨めな思いを隠して苦しみを内に秘めるしかなかった。ルークは結婚指輪を渡して双子の父親になれば感情的な問題も含めて万事解決すると信じていたが、残念ながらそうはいかなかった。ルーク自身は恋の経験がなく、最愛の人を失ったときの気持ちをくみ取れなかったのだ。当時スカーレットは朝、決然とした笑顔で起きるだけでも大変だった。あのころのことは忘れたほうがいいし、戻りたくもない。

これまでなんとかアリスティド・アンジェリコのいない生活に順応してきた。今回も共同養育のための新体制がスムーズに整いさえすれば、非情な弁護士に主導権を握られず日常生活に戻れるだろう。まあ、ある種の新しい日常生活だ。アリスティドが今後この取り決めの一部となり、彼女の生活の片隅にいることは避けられないのだから。

翌朝アリスティドから新たな花が届き、そのまた夜には高級レストランへのディナーの招待状まで届いた。あれほど成功して知的で粋な男性が、現状でそんな招待が不適切だと気づかないなんてありえるかしら？　二人とももうデートをする仲ではない以上、花束も招待状もふさわしくない。アリスティドは言うこととやることが別で困ってしまう。

スカーレットは涙をこらえてディナーの誘いを断った。たとえ心の底からアリスティドとの再会を待ち望んでいたとしても。もう二度とあんなふうに打ちのめされたくはない。

それから一週間後、双子とともにアリスティドの家に越す前日、急ぎの買い物から戻ったスカーレットは玄関先で義母の出迎えを受けた。

「来客よ」イーディスが怒りをこめてささやいた。

「アリスティドのお母様と男の方が」

聖域である自宅にいるエリザベッタ・アンジェリコを想像してスカーレットはぞっとした。この訪問がいい意味ではないのは間違いない。アリスティドから母親の訪問の話は聞いていなかった。彼自身はローマとアリスに会うためすでに夜三回も訪ねてきている。もちろんスカーレットはまたも境界線が曖昧になるのがいやで、彼の訪問中は邪魔をしないように努めていたけれど。

　イーディスが双子を自分のアパートメントに連れていこうかと申しでてくれたので、スカーレットはありがたく頼んだ。わが子の安全を考えると、エリザベッタへの紹介は控えたい。

　イーディスが双子をベビーカーに乗せて連れていく傍ら、スカーレットはジーンズに地味なトップス、乱れた髪と素顔を意識しつつ肩を怒らせた。

　コーヒーテーブルの上にはビスケットののった手付かずのティートレイが置いてあった。イーディスのもてなしは拒否されたに違いない。エリザベッタはしゃちほこばった様子で窓際に立っていた。紫色のブランド物のワンピースにジャケットを羽織り、ダイヤモンドをふんだんにつけている。アリスティドの母親は富をひけらかすのが大好きだ。隣に立つ隙のない身だしなみの老紳士は葬儀屋のように厳粛な雰囲気を漂わせている。

「ようやくおでましね」スカーレットの姿を見るなり、エリザベッタがけちをつけた。「あなたは家に帰る途中とあの女性が言うから待っていたのよ。家なんて聞いてあきれるわ！」あざ笑うように言う。「私の孫を貧困にあえがせる気なのかしら」

　スカーレットは深呼吸して静かに尋ねた。「あなたがここにいらっしゃるとアリスティドは知っているのですか？」

「私の息子とその子供たちを脅すようなまねは許しませんよ。その点はわきまえておいてほしいものだわ」エリザベッタが王族さながらの英語で非難したあげく、上目遣いでスカーレットをにらみつけた。

「私は誰も脅してなんていません。アリスティドと私は婚約中ですよ」スカーレットは年かさの婦人に念を押した。

エリザベッタが見下したように笑い飛ばした。

「婚約なんて嘘《うそ》八百でしょう。私が気づかないとでも？」悦に入った顔をして鼻であしらう。「アリスティドと本当によりを戻したのならあの子の家で双子と一緒に暮らしているはずよ。私は息子をよく知っているの。そうでなければあの子は満足しないわ。それにあなたからまだ私に孫を見せたいという申し出もないと気づいているのよ。むろんその必要はないわ。あの子たちの顔ならもう見ているから」

困惑のあまり眉間にしわを寄せるスカーレットを尻目に、エリザベッタが小さなクラッチバッグから写真を取りだしてコーヒーテーブルの上に得意げに放り投げた。自分たち親子の最近の写真を目にしてスカーレットは愕然《がくぜん》とした。気づかないうちに遊び場で撮られたらしく、怒りで頬が真っ赤に染まった。

「あなたはどういうつもりでここへ？」それでもエリザベッタ・アンジェリコに対して度を失うのは重大なミスだと判断して、かたい声で問いただした。

エリザベッタが老紳士に合図を送った。マーヴィン・ホランディッツと名乗った弁護士らしき男性は二人に着席を促したあと、ブリーフケースから分厚い書類を取りだして、スカーレットが双子の親権を譲渡する代わりにミセス・アンジェリコが用意した非常に寛大な申し出の概要を説明し始めた。

「もうやめてくださらないかしら」スカーレットは老紳士が息継ぎをした隙に口を挟んだ。「絶対にありえません。それが私の答えだからけっこうです。提示された金額を知る必要もないわ。世の中にはお金で買えないものもあるのよ」

エリザベッタは臆するふうもない。「彼女に二つ目の提案を、マーヴィン」

　ミセス・アンジェリコの相棒が書類に目を通して共同親権の取り決めについて説明を始めた。

「それはアリスティドの問題で、あなたの問題ではありません」スカーレットは冷ややかに反論した。

「あなたは私の息子についてあまりに考えが甘いけど無邪気にもほどがあるわね」エリザベッタが辛辣につぶやく。「あの子は必要なときには冷酷になる。ヨーロッパでもハーグ条約に加盟していない国はあるし、アリスティドは祖父のおかげでいたるところに財産があるの。つまり英国との相互協定はないわけ……親権問題や連れ去られた子供に関して――」

「ミセス・アンジェリコ！」さしもの弁護士も慌てふためいて横やりを入れようとした。

　それでも傲慢で優越感に満ちあふれたエリザベッタ・アンジェリコをとめられなかった。「あなたは四六時中、双子を見守るわけにもいかないでしょう？」毒のある言葉を吐き続ける。「いずれかの提案を受け入れれば、あなたは何も恐れる必要はない。両方に背を向ければ恐怖と後悔に駆られて生きる覚悟をすることね」

　来客が帰るころにはスカーレットは顔面蒼白《そうはく》で気分が悪くなっていた。エリザベッタ・アンジェリコが裕福なだけに、どれほど手強《てごわ》い敵になるか心得ていたせいだ。心無い人間なら報酬しだいで、罪のない子供を連れ去るといった不道徳なまねもいとわないと知っている。自分が完璧な世界で生きているわけではなく、本物の危険があることも。と同様に、わかっていた。アリスティドには和やかなディナーを楽しむ資格はなく、仕事中にオフィスで来訪者を迎えるのが関の山だと……。

8

アリスティドはメールに目を通して顔をしかめた。

〈あなたのお母様が弁護士を連れて私を訪ねてきたの。詳しい内容を話したいので今からオフィスに行くわね〉

仰天のあまり、アリスティドはめったにしないことをした。父親のリッカルドに電話して謎を解明してもらおうとしたのだ。母親がスカーレットを訪ねた正当な理由が一つも思いつかない。母は年齢を問わず特に子供好きというわけではなく、そもそも自身の出産に同意したのも、一家の財産を受け継ぐ後継者の必要性を認識していたからにすぎない。

〝息子が一人いればよかったのに……。でも、あなたではないわ。あなたは余分な子なのよ〟母はダニエーレにそんな暴言を吐いていたくらいだ。

当初何も思い当たらず、妻の姿を最近ろくに見ていないと認めたリッカルド・アンジェリコだったが、さらに詰め寄られてようやく現在エリザベッタと離婚調停中だとしぶしぶ明かした。「私としては慎重に進めたかったんだ。おまえも母さんがどういうタイプの女かよく知っているだろう」父親のぼやきを聞きながら、アリスティドはショックを受けて椅子に座り直した。

離婚すれば俗物的な母親は面目丸つぶれで、逆上して不信感にさいなまれるはずだと百も承知だ。エリザベッタ・アンジェリコほど世間体を気にする人はいない。他の夫婦が離婚したときにあれほど口を極めて批判をした人もいない。エリザベッタはせいぜい別居に同意しても、決して離婚はしないだろう。

とはいえ、母親は離婚されても当然だった。父は悪い人ではないが弱い人間だ。だからといって、わが子に起きた悲劇を見て見ぬふりをしていたのだから、父を許すのも難しいとわきまえている。

　それでもエリザベッタは三十年以上もの間、言いなりになる夫と連れ添ってきたし、家長たる実父の強い要求とはいえ、リッカルドも財産目当てで結婚した報いを充分受けたと思う。結局のところ、普通の結婚生活ではなかったのだ。認めたくはないが、外見は父親と似ていても、アリスティドの本質的に強い性格と厳しく鋭利な一面は軽蔑する母親から受け継いだものだった。

　スカーレットは大惨事を間一髪で免れた女性さながら矢も楯《たて》もたまらず飛びだしてアリスティドのオフィスに駆けつけたい衝動に駆られたものの、それ以上にプライドがあったので、自制心を総動員して婚約指輪を贈られた日に着ていたラベンダー色のシフトドレスに着替えてから薄化粧もした。たとえエリザベッタの嫌みや脅しのせいで心がぼろぼろでも、ぼろぼろの格好で人前に出てアリスティドに恥をかかせる必要はない。とはいえ、彼が母親のあんな脅しに関わっているとはどうにも考えられない。それともアリスティドを信用しすぎているのだろうか？

〈アンジェリコ・テクノロジーズ〉のロンドンの新社屋は見事なガラス張りのタワービルだった。大理石のロビーで警備員の出迎えを受け、最上階まで案内されたスカーレットは専用エレベーターをおりた瞬間から周囲の注目を浴びて、遅ればせながらジーンズのまま外に飛びださなくてよかったと胸をなでおろした。

　日当たりのいいオフィスに入ると、アリスティドが床まで届く窓のそばを歩き回っていた。長身で浅黒く、とんでもない美男子。いくら感情が高ぶっているとはいえ、骨盤の下のほうで抑えたざわめきや締めつけを感じて口が乾いてきても、スカーレットは自分が悪いとは思えなかった。紛れもなく、アリスティドに対するいつもどおりの反応にすぎない。

「アリスティド」スカーレットは少々息をはずませて声をかけた。必死に平静を取り戻そうとしながらバッグの中を探り、彼の母親がコーヒーテーブルに残していった写真を取りだして整理整頓の行き届いた机の上に広げた。

アリスティドが机上の写真に眉をひそめてから目をあげて困惑顔で彼女を見た。「この写真はどこから？」

「お母様が持っていらしたのよ」震える声でささやく。「弁護士も同席させて私に双子の親権を譲り渡すか、あなたとの共同親権への同意を求めてきたの――」

嵐の前触れのようにどす黒い怒りでアリスティドの細めた緑の目が光った。「だが親権の問題は母とは関係ない！　いくら双子の祖母にしろ、法的にもその他の意味でも、母には何の力もない」

「そうね。私も同じ意見よ」スカーレットも自信を深めた。「でもお母様は私たちの婚約を信じていないの――」

「その必要はない」アリスティドが冷静に主張した。「母が何を信じるかは重要ではない――」

「そんな単純な話ではないと思う……。単純だと信じたいのは山々だけど」心配そうに慌てて言葉を返した。「でもお母様はハーグ条約に加盟していない国や、そういう国であなたが財産を所有している話を持ちだされたの。おまけに連れ去られた子供の話まで」

稲妻さながら怒りが全身を駆け巡り、アリスティドの顔が真っ赤になった。よくも母は僕がそんな不《ふ》埒《らち》なまねをするとほのめかせたものだ！

「要するに私はあなたを信頼していたけど、うかつだったのかしら？　あなたはそんなことを本当に考えるの？　それとも、これはお母様自身の考えによる行動？」スカーレットは不安の波にのみこまれそうだった。

　アリスティドが机を回ってきて不意に彼女の両手をしっかりとつかんだ。「そんなまねは絶対にしない。命にかけて誓う」荒々しくも押し殺した声で約束した。「ローマとアリスにはきみの愛情と世話がたっぷり必要だ。弟と僕は恵まれなかったものが。僕は断じてわが子から愛情と思いやりあふれる母親を奪うような男ではない」

　その言葉がスカーレットの心に触れた。エリザベッタについての告白も、アリスティドが吐露した感情も本心だと感じたからだ。彼は母親の仕打ちにショックを受けて嫌悪感を抱いている。どうやら彼の道徳的価値観に抱いていた本能的な信頼は間違っていなかったらしい。深い安堵《あんど》感でめまいがしそうになったスカーレットは思わず彼の手にしがみついたものの、その手を放して威厳を取り戻そうとした。

「明日あなたの家に引っ越せるのはありがたいわ」おぼつかない声で認めた。「そうでなければ、お母様の脅しのせいで安心できないから」

「僕も安心だ。母は自分の人生が狂い始めているから、僕らを攻撃してくるのさ」アリスティドが荒々しい口調で続けた。「もっか母がもっとも大切にしているものがすべて脅かされている。社会的地位も含めて。父は母と離婚するつもりなんだ」

　スカーレットはその情報に驚きながらも何も言わなかった。アリスティドの誕生日パーティーで、リッカルドが親しげに近づいてきたことと何か関係があるのだろうかといぶからずにいられない。アリスティドの父親はあのときすでに離婚による新たな独立を受け入れて、妻と意見が異なるという立場を明らかにしたのだろうか？

アリスティドがコーヒーを頼んでから電話をかけて数分間イタリア語で話した。こわばった肩の緊張が少しほぐれたスカーレットは、腰をおろして心配そうに尋ねた。「あの子たちはお母様から無事でいられるかしら?」

「双子に警備をつける」アリスティドはそう断言して携帯電話を放りだした。

「でも、それで二人とも安全なの?」スカーレットが眉をひそめた。「警備の人が買収されたりしたらどうするの? 世の中には正当な代償さえ払えば何でもする人が大勢いるわ。お母様のせいでその事実を強く意識するようになって」

隅の小卓にコーヒーのトレイが用意されると、スカーレットが腰かけていたソファから身を乗りだしてコーヒーを注《つ》いだ。かいがいしく動く華奢《きやしや》で可憐《かれん》な手の震えに気づいたアリスティドは胸の内で母親の生来の残酷さを呪った。そこで正直に話すことにした。

「きみに提供できる唯一の保障は僕との結婚だ。双子の共同親権を持つ夫として、僕はあの子たちを完全に守れる。母のエリザベッタは——」

「心の病なのかも」警告しに来たエリザベッタの悦に入った顔を思い返しながら、スカーレットは申し訳なさそうに口を挟んだ。

「いや。心の病なんかじゃない」アリスティドは険しい感情で瞳を曇らせた。「母は腹を立てて辛辣かつ狂暴になっているのさ。ただ残念ながら、それが母の自然な心の状態なんだ」

「でも、どうして?」スカーレットが苦虫をかみつぶしたような顔でささやいた。「お母様がその半分でも普通の方なら、たとえ自分が毛嫌いされていても喜んで子供たちと触れあってもらったのに——」

「僕が許さない。僕なら母を双子に近づけたりしない」アリスティドの率直な意見が彼女を狼狽《ろうばい》させた。

「子供が嫌いな母に双子を任せられない。本来、母親になるべき女性ではなかったんだ。なぜ母がそんな女性なのかというと……今日母にされた仕打ちを考えれば、きみも真実を知ってもいいと思う」

スカーレットはいぶかしげに眉をひそめた。「真実？」

「実は母のエリザベッタは若いころ、父の兄で僕の伯父にあたるステファノと婚約していたんだ。南米旅行中に二人は強盗に襲われ、ステファノは婚約者を守ろうとして射殺された」

スカーレットは青ざめ、それほどまでの喪失感に耐えた女性を思って心を痛めた。「エリザベッタは愛する人を失ったのね――」

「そうだ。ただ……両家がまだ結婚による結びつきを望んでいたからリッカルドが説得を受け、兄の代わりに結婚した。本質的には旧社会と新社会のつながりで、アンジェリコ家は階級と社会的地位を、母方の家族は資金援助をそれぞれ提供した」

「二人の結婚は最初から災難続きだったようね」

「そのとおりだ。両親は互いに好意のかけらもなく、決して普通の結婚ではなかった。ダニエーレと僕は研究室で作られた試験管ベビーだ。だから父は僕たちに愛情を感じられなかったのだと思う。僕らも父の子供という気はしなかった。父にとって僕たち双子はあくまでも大嫌いな妻の子でしかなく、これっぽっちも関心を示さなかった」

「とても悲しい話ね」彼が暴露した家族史に心を揺さぶられて、スカーレットはささやいた。なぜアリスティドが両親やルークへの彼女の愛着の強さを理解できなかったのか、ようやく腑《ふ》に落ちた。ルークはどこまでも実の兄も同然の存在だったのに。

「それから双子の片割れの経験もある」アリスティドが重々しい声で続けた。「ダニエーレは絵のモデルの一人と恋に落ちた。いわゆる大恋愛だったが、そのモデルはほどなく弟に借金を肩代わりさせた。金目当ての女性に手玉に取られているのではないかと疑った僕は弟に注意を促した。彼女は同棲《どうせい》までしていたくせにある晩、パーティーで他の男との浮気の現場をダニエーレに見つかってしまった。弟は恋人の浮気に耐えられなかった。完璧な恋人と信じていただけに彼女を許すどころか、そこから前に進むこともできなくて自ら命を絶ったんだ」

「お気の毒に」そっとつぶやくスカーレットの声には同情とともに希望があふれていた。アリスティドが進んで身内の話を打ち明けてくれたおかげで、ようやく信頼してもらえた気がしたのだ。

子供時代のアリスティドには双子の弟を除いて愛情や家庭のぬくもり、家族の支えといったものは一つもなかったのだろう。しかも残念ながら、その双子の弟を若くして亡くしてしまった。別居中の両親の冷えきった関係を目の当たりにして育ったアリスティドが、五十代まで独身を通そうと決めたのも無理はない。もっと早く彼の生い立ちを知っていたら。一瞬そう悔やまずにいられなかった。とはいえ、当時の自分はアリスティドと一緒にいても充分な安心感がなく、妊娠の事実を打ち明けられるほどの成熟さも強さも持ちあわせていなかったのだ。

「それで、これからどうするの？」心地よい沈黙の中で打ち解けて尋ねたスカーレットはチョコレートがけのビスケットをコーヒーに浸し、無意識のうちにとろけたチョコレートをなめ取って楽しんだ。

「あなたの家に越すのは別として？」

アリスティドは肘掛け椅子の上で思わず身じろぎした。ビスケットをなめるスカーレットの姿に恐ろしいほどの興奮を覚え、何年も時をさかのぼったような錯覚に陥った。スカーレットは常に彼の前でも自分らしさを失わない唯一の女性だった。初対面から彼女のそんな人柄は明らかで、艶《あで》やかな洗練された女性に慣れ親しんだ男にとっては驚くほど魅力にあふれていたのだ。

　アリスティドは小さなピンクの舌先を鷹《たか》のように鋭い目で観察しながら、これから申しでるつもりの約束を果たして守れるだろうかと危ぶんだ。現在の有様が示すとおり、僕はスカーレットに抵抗できたためしがない。それでもやはり僕はスカーレットに借りがある。傷つきやすく繊細な人を脅かす鮫《さめ》みたいな母親からスカーレットと双子を守ることこそが、僕の義務だ。

「提案だが、僕らは結婚という選択肢をとろう」アリスティドはきっぱりと言った。「結婚すれば母の暴挙を防げる。母は僕の妻たるきみに手を出せないし、双子をあえてさらおうとすることもないはずだ――」

「でも、なぜお母様はあなたに逆らうの？　てっきりあなたを溺愛していると思っていたのに」

「溺愛と言っても、僕が母の望むとおりにしたときだけさ。だが、もうありえない。スカーレット、この一戦は僕が引き金を引いた闘いだ。きみを腕に抱いてパーティーに顔を出した瞬間、闘牛士が牛に赤い布を振ったのも同然だった。母を怒らせたのは僕で、それもわざと喧嘩《けんか》を売ったんだ」アリスティドはいらだちと後悔のにじむ口ぶりで認めた。「母が嫌いな僕はことあるごとに母を困らせる。少しでも反撃できて溜飲《りゅういん》が下がれば、母の弟に対する仕打ちへの心痛を背負って生きていくのが楽になるから」

　アリスティドがかつては彼女に話そうなどと考えもしなかったような告白をしてくれたので、スカーレットは一言一句を聞きもらすまいと必死だった。

「その気持ちはわかるわ」

「わかるのか？　ダニエーレは母をひたすら愛し、

どんなに軽蔑されても母の愛情を求め続けた。弟は僕の態度を理解できなかったらしい」

「でも私には理解できるわ。たぶん弟さんは母親の理想像を追い求めていたのでしょうね」スカーレットがつぶやく。「ところで結婚という選択肢？　どういう意味？」

アリスティドは横道にそれていた思考を引き戻した。もっかスカーレットが体の向きを変えたとき垣間見えた形のいい脚に目が釘付《くぎづ》けになっていたのだ。視線を上に戻すと、みずみずしい下唇にほんのりついたチョコレートに気づいた。彼は思わず緊張して、そんな肉体的な魅力をめまぐるしく回転する頭から振り払った。ズボンのファスナーを押す圧力が和らぐのは無理でも、集中力を取り戻す必要がある。

「僕らの結婚はきみとわが子を守るためだ。ただしそれだけで、夫婦の営みはない……。いずれこの騒動が落ち着いて常軌を逸した母が父や、本人の望まぬ離婚に悪意の矛先を向けたら、そのときに僕らの立場を決めればいい。でもさしあたり、きみには僕の保護が必要だ。正直に言おう。僕は離婚を望まない。わが子が家族ばらばらの状態で育つのはいやだから」

スカーレットはことさらゆっくりとうなずいたが、途方もない失望の波に襲われて圧倒されてしまった。まさしくその瞬間、自分がまだアリスティドを愛していると悟ったのだ。それも二年前に愛していた以上に彼を愛していると。もし本物の婚姻関係を提示されていたら、自分はアリスティドを祭壇に追い立てていただろう。けれどもアリスティドはそんな申し出はしなかった。結婚という生涯にわたる関係を申しでてくれたとはいえ、まともな結婚ではない。

「男性二人に続けて結婚を望まれながら夜の生活は拒まれるなんて、私のどこが悪いのかしら！」またもアリスティドに拒絶された胸の痛みを表に出すまいと心に決めて、スカーレットは軽い口調で切り返した。

そもそもアリスティドはルークとの結婚だけでなく、私が彼の子供を身ごもったという事実を知らせなかったことも許していない。アリスティドは私に二度目のチャンスを与えるつもりはない。二度目のチャンスの存在を信じるどころか、私を許すわけがない。どうして彼を責められるだろう？　アリスティドは私を愛してなどいない。彼はただ正気の沙汰とは思えないエリザベッタ・アンジェリコの行動からみんなを守ろうとしているだけなのだ。もっかスカーレットも学びつつあるように、彼はわかっているのだろう。二人が結婚しない限り、自らの利益のために母親が生き残った息子を支配すべく、双子をさらおうとする可能性が高いと。

「二人のうちの一人はゲイだった」アリスティドが穏やかに指摘した。「僕はゲイではないが――」

スカーレットは突然、手をあげて彼の言葉を封じた。「繰り返す必要はないわ。お互い再び関係を持っても意味がないとわかっているから。私たちは本当のカップルにはなれないと」

「そのとおりだ」口とは裏腹に、アリスティドは妙なことにスカーレットが指摘してくれたその点が受け入れがたく、のみこみの早い彼女に安心するはずなのに、なぜそう思うのか不思議でならなかった。

これから先もスカーレットに別居や離婚を持ちかけるつもりはない。実際のところ、彼女が再婚して、別の男がわが子の継父になると想像しただけで胃が痛くなる。

「手配がつきしだい、役所で民事婚の式を挙げよう」

スカーレットはもう一度うなずいた。まるで操り人形になったようなばかげた気分だが、アリスティドに正直に答えるだけの心の余裕がなかった。そう、わが子の安全と安心を脅かす輩《やから》を防ぐためなら進んで彼と結婚するつもりだ。でも、だめよ。アリスティドと偽装結婚なんてごめんだわ。きっと耐えられないから。自分の思いに応えてもらえない以上、アリスティドと接する機会が増えるのは名案とは思えない。とはいえ間違いなく、ゆくゆくは対処の仕方を学び、そばにいる彼の存在に慣れるだろう。

「結婚する前に、一つだけ言っておきたい。今のところ、僕は双子に対して何の権利も持っていないが」アリスティドは率直に話した。「きみと結婚してDNA検査と出生証明書の父親の欄に僕の名前の記載が終われば、自動的に僕も双子への権利を持つ」

スカーレットの唇に苦笑が浮かび、緊張が解けた。

「そんな話、しなくてもよかったのに。もうわかっていたことですもの。私はいつだってあなたとの共同親権に同意するつもりだったわ。あなたが双子の父親である以上、それ以外はフェアじゃないから」

アリスティドは腰をかがめてコーヒーを飲み、目に浮かぶ驚きの色を隠した。その事実がスカーレットにとってネックになると思いこんでいたからこそ前もってこの話を持ちだしたのに、こうもあっさりと受け入れられ、正直すっかりうろたえていた。なにしろ、自分の住む世界では見返りを求めず優位に立つ機会を手放すような連中はいないのだから。この件でまたも、スカーレットが過去の出来事で見せた以上に寛大な心の持ち主だと裏付けられた。

スカーレットは偽の婚約指輪をまじまじと見つめていた。まもなくその横に偽の結婚指輪をはめれば完璧な偽物のペアができるはずだ。本物でなくても、アリスティドが自分の憧れの婚約指輪をくれたなんてすばらしい偶然だなどと、ロマンティックに考えすぎてはいけない。まあ、愛と献身を表現するという意味では本物の指輪だ。比較的短い指にも大きすぎないラウンドカットのサファイアは自分好みで、周りを囲むダイヤモンドも大好きなデザインだった。結婚指輪も同様に完璧な品で、単純にアリスティドの趣味のよさを物語っている。

「なるべく早く結婚式の準備を整える」きびきびとしたアリスティドの声が聞こえてきて、スカーレットはあまりに感傷的な物思いからはっと我に返った。

感情に左右されず現実的な口ぶりが、いかにもアリスティドらしい。

かつての彼はバレンタインデーを無視したこともあるくらいだ。当時ボーイフレンドができてから初めのイベントだったので、スカーレットはひどくがっかりした。つい最近までアリスティドは花を贈ってくれたこともなく、代わりにセクシーなランジェリーやジュエリーがプレゼントの定番だった。どれも見るからに高価な贈り物で、裕福な既婚者の秘密の愛人にでもなった気分にさせられ、先行きの見えない関係に不安を覚えたものだ。

「型破りな選択だけど、驚くほどあなたに似合っているわね」きっかり十二日後、スカーレットがエレクトリックブルーのウエディングドレス姿でくるりと回ってみせると、ブリーが褒めちぎった。「この家は本当にすてき。今はあなたがうらやましくて仕方ないわ！」

スカーレットは豪奢《ごうしゃ》で非常に快適な環境に今更ながら称賛のまなざしを向けた。客室でさえも以前の寝室の三倍の広さだ。双子を連れてタウンハウスに引っ越してから十日余りで、アリスティドはすでにエステルという有名大学出身の養育係《ナニー》を雇っていた。

そんな強引な干渉については彼と電話で口論になった。アリスティドはプロポーズへの彼女の同意を取りつけたのち結婚に必要な法的会合に伴ってから、その後一週間ニューヨークに出張していたのだ。ところが、万が一の脅威に備えて警備訓練を受けた優秀なナニーの説明を彼が終えるころには、スカーレットも気さくな若い娘の雇用に同意せざるをえなくなっていた。とはいえ幸いにも、スカーレットと双子がアパートメントを引き払って以来、アリスティドの母親の姿を見かけるどころか、声を聞くこともなかった。

「やっぱり、あなたには白か淡い色のドレスのほうがよかった気もして」イーディスが残念そうにこぼした。「ルークと教会で式を挙げたときは地味なショート丈のドレスを選んだでしょう――」

「おなかのふくらみを隠すためよ」スカーレットは義母に思いださせた。「両親は私の妊娠をずいぶん恥ずかしがっていたから、ウエディングドレス姿で二人のストレスを増やしたくなかったの」

「親御さんは頭が古かったものね」イーディスがため息をついてから、うろたえた様子ではたと顔をあげた。「失礼な言い方をしてごめんなさい、スカーレット！」

「謝る必要なんてないわ！　事実ですもの」スカーレットは一笑に付した。

「私はただ花嫁らしいことができないあなたの代わりにがっかりしているだけよ」義母はなおも嘆いている。

スカーレットはまたも笑い声をあげた。レースとビーズのロングドレスにダイヤモンドとサファイアのジュエリーという花嫁姿の自分を見たら、アリスティドはさぞかし驚くに違いない。そのときブリーがそっと席を外して、隣の部屋へ靴を履き替えに行った。

「お相手の男性も少々がっかりしているかもしれないわね」イーディスがつぶやく。「あの人はあなたに夢中だから。私には一目でわかったわ」

スカーレットは身をかがめてハイヒールに足を入れながら、同意できず無言で眉をひそめた。義父母には今回の結婚の真相を話していない。エリザベッタの脅迫については知らないまま、義理の娘がアリスティドの家に越して普通の理由で結婚すると信じているほうが、二人とも幸せだと判断したからだ。

「それに罪悪感も覚えたわ」イーディスが後悔を口にした。「あの人がずっとあなたにほの字だったのなら、ルークに結婚を勧めた私たちは間違っていたから――」

「あら、心配無用よ」スカーレットは愛情に満ちたあたたかい目で励ました。「二年前のアリスティドは私を愛していなかったから。他のことはともかく、それだけは知っているの」

「あなたが正しいといいけど。だって、もし逆だったら――」

「もちろん逆ではなかったわ。ルークとの結婚は間違っていなかった」スカーレットは自信たっぷりに断言して義母の不安を和らげた。「ルークは他に誰もいないときに私のそばに寄り添ってくれた。その恩は絶対に忘れないわ」

式のために役所に到着したスカーレットはアリスティドの姿しか目に入らなくなった。民事婚の式という話だったが、スカーレットは義理の両親とブリーを、アリスティドも友人のモレッティ夫妻を招待していた。夫妻と挨拶を交わしたスカーレットは再び新郎に視線を戻した。明らかにイタリア製とわかるなめらかなシルバーグレーのスーツに身を包んだ花婿は上品で危険なほどセクシーだ。きらめく緑の瞳と目が合うと、スカーレットは思わず唇をほころばせた。

アリスティドは花嫁を見たとたん胸の内で感嘆の声をあげた。ブルーのドレスに身を包み、かつて自分が贈ったジュエリーをつけたスカーレットはかけねなしにきれいだ。肩にかかる赤褐色の髪が花嫁の生き生きとした顔を彩り、青い瞳は彼女が堂々と身につけたサファイアさながら輝いている。胸がぎゅっと締めつけられ、彼は大きく息を吸いこまなければならなかった。

　雰囲気が一変したのはそのときだった。ドアが大きく開いたかと思うと、小柄な女性がもう一人肩を怒らせて入ってきたのだ。凍りついたのもつかの間、アリスティドは問題に対処すべく大股で歩を進めた。

「その女と結婚したらあなたを金輪際許しませんよ」エリザベッタがわななく声で警告した。「そんな取るに足りない卑しい女と――」

「式のあとで、僕らを祝福してくれる心づもりならお母さんを歓迎します」アリスティドは静かに言い渡した。「僕の晴れの日を台無しにするような修羅場は望んでいないので。もし邪魔する気ならこの建物から追いだされて外で待ち構えているパパラッチの手前、赤っ恥をかくはめになるでしょう」

　エリザベッタはこけた頰を真っ赤に染め、脅し文句を口にした。「私はもうあなたを息子とは認めませんからね」

「こっちから願い下げだ。そのほうがせいせいします」アリスティドはけんもほろろに言い返して再び颯爽《さっそう》と歩きだした。

9

アリスティドのプライベートジェット機で快適なベッドに横になったスカーレットは、夢うつつで結婚式直前の場面を考えていた。

アリスティドは〝リアル〟に見せるために式のあとは少なくとも週末に休暇を楽しむべきだと言って譲らなかった。双子の面倒は、イーディスとトムがタウンハウスに滞在してエステルと一緒に見てくれる。なぜローマとアリスも連れていけないのか疑問だが、十四時間にも及ぶフライトで子供たちを疲れさせるのも無意味だ。行き先はどこだろう？　どうやらアリスティドは私を驚かせようと躍起になっているようだけど、地理にも飛行距離にも疎いので推測は難しい。もっとも、たった三日間の休暇のためには長すぎる旅だと思う。それでもあえて口には出さなかった。人生で一度だけ、愛想良くつきあうことにしたのだ。

なぜかといえばたとえ芝居だとしても、アリスティドがすてきな結婚式の日をプレゼントしてくれたからだ。彼はためらいのかけらもなく醜悪な母親を追いだした。私に美しいプラチナの結婚指輪を贈り、ドレス姿を〝とてもきれいだ〟と褒めそやして、夫婦であることを宣言されたあと慎み深く頬にキスをしてくれた……。何もかもが完璧でその後、一同はタウンハウスに戻ってすばらしい食卓を囲んだ。イーディスとトムに対しても、アリスティドは実の親のように敬意をもってあたたかく接してくれた。それだけでも彼にいくら感謝してもしきれない。

着陸した小さな空港にはどことなく見覚えがあった。スカーレットは眉根を寄せて記憶の糸をたぐろうとしたものの、ここ数日の疲れのせいかまだ少々寝ぼけ眼でサンドレスのしわをなでおろしてアリスティドと並んでＳＵＶに乗りこんだ。

「このサプライズをきっと気に入るはずだ」アリスティドは自信たっぷりだ。

今や二人は夫婦なのよ。新婚ほやほやの新妻だけが味わうかすかな驚きを感じつつ、スカーレットは胸に刻んだ。これが本物の結婚だったら……と考えかけたが、すぐさまそんな思いを振り払った。わが子二人はアリスティドの母親の策略から逃れられた。もう誰も双子を連れ去ろうとはしないだろう。とりわけアリスティドは。それだけでも充分な朗報だ。明るい展望を胸に太陽の下で三日間楽しみながら、本物の夫ではない夫との友好的な関係を維持しよう。スカーレットはそう心に決めた。もちろん、プラトニックな関係を。

スカーレットはまだ二人の居場所に気づいていない。そう察したアリスティドは、この旅がさらに大きなサプライズになりそうで満足感を覚えた。結婚を承諾してくれた彼女の信頼に感謝の思いを伝えたくて入念に準備したのだ。別荘にそろえた新しい休暇用のワードローブ。ベッドには結婚祝いのジュエリー。花が好きな彼女のため家中に花を飾り、家政婦がテラスに朝食の支度をして待っている。

車は急勾配の車線を下っていった。新しく植えたばかりの熱帯植物が生い茂り、見慣れた緑の屋根がスカーレットの目に飛びこんできた。もっとも記憶よりも広い範囲に及んでいる気がするが、驚きのあまり心臓が早鐘を打ち始めた。

「僕らはドミニカ島にいる」アリスティドがまるで帽子から白ウサギの群れを出すマジシャンのように華々しく告げた。

「同じ別荘……なのね？」スカーレットは驚いて問い返した。

「そうだ。きみはあの別荘が大好きだったから……この島も」

「ああ、すてきなサプライズね！」言葉とは裏腹にスカーレットはロマンティックな思い出をよみがえらせる無神経なアリスティドを平手打ちにしたかった。

「祖父が亡くなってから改修して家も増築したんだ」アリスティドは彼女を冷房の効いたタイル張りの玄関ホールに案内しながら和やかに説明した。「こちらが家政婦のマルテだ。母親のサンドリーヌは引退した」

　笑顔の家政婦が歓迎の印に花を渡してくれたあと、アリスティドがスカーレットに家の案内と朝食のどちらを先にしたいか尋ねた。

「おなかがぺこぺこなの」しぶしぶ打ち明けた。平和を維持するために、彼への不満は胸にしまっておかなければと思い直したのだ。

「僕もだ……」

　アリスティドは彼女の背に手を添えて、椰子《やし》の葉がゆるやかに揺れ、ターコイズブルーのカリブ海の絶景が一望できるテラスまで案内した。腰をおろすと、銀色の砂浜へと続く曲がりくねった小道が安全そうな階段に変わっているのに気づいた。それなのに一瞬、以前訪れたときの思い出がまぶたに浮かんだ。たわむれの言葉に笑いながら元々あった小道を駆けおりる間に転びかけたところをアリスティドに支えられ、口づけを受けた思い出が。延々と続く濃厚なキスに体がうずき、未経験だったその先を必死に求めたのはあのときだった。

「昔に戻ったみたいだろう？」アリスティドも思い出がよみがえってきたのか、黒髪の頭を振っている。

「ほんの三年ほど前なのに、あれから二人ともずいぶん成長した気がする」

「そうね」スカーレットも相槌《あいづち》を打った。たしかに真実だ。アリスティドは以前よりずっと親しみやすく見えたが、どうしてそうなったのかはわからない。そして自分も成長した。母親になり、赤ちゃん二人を授かって一番大切なものが変わってしまったせいで。

　スカーレットはマンゴーのスムージーに料理用バナナの肉詰めを選び、アリスティドはスイカのピザに舌鼓を打った。ドミニカ風ロールパンを皿に取りながら彼女は打ち明けた。「この前ここにいる間に体重が三キロも増えたのよ」

　スカーレットを見つめるエメラルドグリーンの瞳が日差しを受けて楽しそうにきらめいた。アリスティドは視線一つでこんなふうに他の誰にもできないやり方で彼女の息を奪ってしまう。引きしまったブロンズ色の彫りの深い顔立ち。無精ひげの濃くなった頑固で意志的な口元。「それでもきみはすてきだったよ。今日の午後は二人でハイキングに申しこんでおいた」

　ハネムーン中のカップルにしては品行方正な楽しい娯楽ね。スカーレットは悲しく考えた。前回の滞在中は二人きりで大半の時間をビーチかベッドで過ごしたのに。二人が失った親密な関係を思いだすと、後悔で目頭が熱くなってきた。

「先に荷ほどきをしてシャワーを浴びるわ」スカーレットは食事を終えると断りを入れた。「ハイキングは遠慮してもいいかしら？　ビーチで本でも読んでのんびりしたくて」

「代わりに明日にしよう――」

「いいえ。あなた一人で楽しんできて。しばらく一人になりたいから」

　決然と断られ、アリスティドの全身で不満が渦巻いていた。彼女を置いてハイキングには行きたくない。スカーレットは三年ほど前、この別荘でとても幸せそうにしていたからどうにか奇跡的にでも、彼女とそんな時間を取り戻したいと願っていたのに。

そもそも、それがスカーレットをこの島に連れてきた理由だっただろう？　アリスティドは真っ黒な眉を寄せて当惑の表情を浮かべた。もっか二人の関係がこれほどまでに違う以上、雰囲気も違って当然だ。突然アリスティドは強い酒が飲みたくなったが、それ以上にスカーレットの笑顔をもう一度見たくてたまらなかった。

「わかった」彼の同意を受けて、スカーレットの顔がぱっと輝き太陽さながら本物のあたたかい笑みが浮かんだ。たとえ何時間か一緒にいられなくても、アリスティドはその結果に大いに満足して彼女を見つめ返した。

ひとまず現状を受け入れた彼はテーブルを離れて、スカーレットを連れずに三時間かけて沸騰湖まで行くため着替えに行った。

一方スカーレットはマルテに増築部分の新しい寝室に案内され、ドレッシングルームにずらりと並ぶ新品の服を見せてもらった。アリスティドが新妻に夏物のワードローブを一式そろえてくれたらしい。

しかもプレゼントはそれだけでは終わらなかった。スカーレットは美しいビキニの一着を身につけてからようやく、ベッドの上の贈り物の箱とアリスティドのイニシャル入りのカードに気づいた。浅くて大きな宝石箱を開けたとたん、唖然《あぜん》として目を丸くした。サファイアとダイヤモンドのティアラが燦然《さんぜん》と輝いている。アリスティドはいったい結婚生活のどこでこんなものをつけると思ったの？　唇をすぼめたスカーレットがビキニ姿にもかかわらず、ティアラを髪に固定すると、王冠さながらよく似合った。まあ、一日くらい女王様の気分を味わってみようかしら。悲しい気分でそう考えると、タオルと本を持ってビーチに向かった。

アリスティドからの分不相応な贈り物をどう扱え

ばいいのだろう？

そういえば前の交際中、彼が最初に買ってくれたサファイアのイヤリングがあまりに貴重な品だとわかり、仰天して震えあがった覚えがある。

私とずっとつきあうつもりもないのに、なぜアリスティドは大枚をはたいてあんな豪華なジュエリーを贈ってくれたのだろう？　彼のそんな浪費は理解に苦しむ。そう、いくらアリスティドが大富豪だと知っていても、気の置けないガールフレンドのために使う額には限度があるはずだ。

一人ハイキングから戻ったアリスティドはそのままシャワーを浴びに行った。あの経験をスカーレットと分かちあいたいと思っていたが、もっかの彼女には二人で何かを分かちあうという考えなどないと、おぼろげながら理解し始めていた。そのときふとイタリアでの自らの振る舞いを思いだしてたじろいだ。あんな不器用で厳しい態度を僕から引きだすのはスカーレットしかいない。彼女に対する態度を改めなければと認めつつも、人生が突如こんなにも複雑にならなければよかったのにと思わずにいられなかった。なぜ僕は自分の本能に反する振る舞いを約束したのだろう？　その重圧に引き裂かれる一方で、自分が軽蔑するこの内面の混乱はもしやすべて身から出た錆《さび》なのだろうか？

そんな疑念に駆られたせいで、ボードショーツに着替えたアリスティドはテキーラを注《つ》いだ。テラスに出ると、ビーチの木陰に横たわるスカーレットを見つけた。カラフルな三角ビキニ姿のウエストがきゅっとくびれた女らしい体。彼女が動くにつれ、木漏れ日を受けて頭上で輝くのは何だろう？　双眼鏡を手にしてピントを合わせたアリスティドは思わず笑いだした。まさかビーチでティアラをつけるとは。スカーレットの不敬なまでの冗談のセンスには感心せずにいられない。あんな個性的なことをして喜ぶのはスカーレットくらいだ。はたと花嫁をのぞき見る変質者みたいな気分になった彼は双眼鏡を放りだして酒のおかわりをあおった。それもこれも、考えるべきことが山ほどあると受け入れたせいだった。

　夕方、息を切らしてビーチから続く階段の上にたどり着いたスカーレットは、テーブルを背にしてくつろぐアリスティドに気づいて驚いた。「てっきりまだ外出中とばかり。ハイキングはどうだった？」

「よかったよ」まるで悲惨な体験でもしたかのような曖昧な口ぶりだ。

「私は昼寝と読書のおかげでだいぶリフレッシュできたわ。なにしろ短い滞在の割に長旅だったから」

「どうやら僕の一番賢明な思いつきとは言えなかったかもしれないな」アリスティドが息をつき、意外な告白で彼女を狼狽《ろうばい》させた。

「シャワーを浴びたらすぐ合流するわね。今のは批判したわけじゃないのよ。たしかにここはきれいだけど……」

「何もかもが変わった」アリスティドが抑えた声で強調して、彼女をまたもうろたえさせた。

　アリスティドはやけに内省的で妙な感じだわ。そう思いながらスカーレットはビキニを脱いでシャワーを浴び、日焼け止めローションでべたついた肌から砂を落とした。さっぱりしてタオルを体に巻いて寝室に戻ると、アリスティドがドレッサーの上の箱にしまったティアラをしげしげと見つめていた。

「美しいティアラをありがとう」スカーレットはぎこちなく礼を言った。「でも変わったプレゼントよね。いったいいつ、つければいいの？」

　アリスティドが箱を閉じておもむろに振り返った。

「この先、僕らが夫婦として出席する重要な社交の場があるはずだ。階段をあがってきたとき、とてもよく似合っていたよ、愛しい人《カーラ》」

スカーレットを見つめる彼の美しい緑の暗いまなざしにはどこか傷つきやすいところがあった。緊張した力強い顔やショーツの上のむき出しの筋骨隆々とした体にも。「どうかしたの？」

「今もまだきみがほしいんだ」アリスティドが張りつめた息を吐いた。

スカーレットは思わず身震いしそうになったが、嘘《うそ》や芝居はやめることにした。「それはもうわかっていたわ」

アリスティドが小声で悪態をついた。「僕が仕組んだこの状況は全部……間違っている……」

「そんなに悪くはないわ」落ちこんでいる彼を慰めたいという圧倒的な欲求に抗《あらが》えず、スカーレットはなだめるように言った。

「きみと一緒にいるのに触れられないなんて……死にたくなる」アリスティドが生々しい口調で認めた。表情豊かな瞳が下唇を不安げにかむスカーレットをしっかりと見つめて放さない。

スカーレットの手がいつの間にかあがり、褐色のがっしりした肩へとのびた。「私もそうよ」つぶやいたとたん、素直に認めてしまうなんて過去最高の愚行だった気がして心配になった。

アリスティドの肌は温かくサテンさながらなめらかで、その香りは媚薬《びやく》のようだ。清々《すがすが》しくも熱く男らしいうえ、お日様の匂いがする。スカーレットの太腿の間が熱を帯び、うつろな痛みで胸がうずいた。アリスティドに燃えあがる欲望のまなざしで見おろされたかと思うと、次の瞬間には我知らず、彼女は首を傾《かし》げて唇を誘うように開いていた。

りりしくも要求の多いアリスティドの唇がスカーレットの渇望するありったけの情熱をこめて唇に押し当てられた。彼女の両手が彼の腹筋から胴体、ウエストバンドにつながるV字型の筋肉へとおりていく。引きしまった力強い体躯《たいく》に震えが走ったかと思うとスカーレットのタオルが落ちて、アリスティドが彼女をベッドに押し倒して口づけ、切迫した渇望をあおった。スカーレットは彼に飢えていたかのように両腕を太い首に回すと背を弓なりにして、快感にあえぎながらたくましい体にしがみついた。満足感と安堵《あんど》感で胸が高鳴っていた。今となれば、タウンハウスへの引っ越しを勧めたときのアリスティドの読みは正しかったとわかる。アリスティドは私を求めていたのだ。型破りな和解が始まった当初から再び私を求めていたのだ。

「きみから離れていたなんて僕はどうかしていた」アリスティドがうなるように言って恭しい手つきで胸のふくらみをもみしだき、敏感な頂を口に含む。スカーレットは彼の下でうめき、身もだえするばかりだった。

「ど、どうかしていたのよ」口ごもりながら再度息を整えた。

「僕の頭をどうかさせるのはきみのそういうところさ」アリスティドが彼女のピンク色の唇をむさぼった。もどかしげに舌を絡ませたスカーレットは、かすかにテキーラのぴりっとした風味を感じて驚いた。アリスティドはめったにアルコールに手をつけないのに。

　アリスティドの頭が彼女の体の芯に近づくと、そんな驚きはすぐさま頭から消え去った。芸術家のごとき見事な技巧で秘部をもてあそばれて心臓が早鐘を打ち、腰をくねらせるとすべてを包みこむような絶頂の波にのみこまれた。それでも彼は一度では飽き足らず、さらに何度もスカーレットをむさぼりつくすうち、暮れなずむ空に夜のとばりがおりた。身も心もとろける快感からゆっくりと浮上したスカーレットはナイトテーブルにのびるアリスティドの手に気づいた。

「ここはあなたの部屋？」

「きみの部屋は服のせいでここより狭いからな」彼がからかうように言う。

「あなたが私の服を買いすぎるからでしょう。このペースで買い続ける気なら……」

漆黒の眉根が寄った。「これからは部屋を共有しよう」

スカーレットは彼の黒い巻き毛を幸せそうに指でとかした。

「そろそろカットしないとな」アリスティドの笑顔に心臓がとまりそうになる。「ついでに言えば、僕らの息子もカットが必要だ。まだ小さな男の子だから」

「最近の男の人はいろんな髪形をしているのに。長髪から三つ編みまで」すました言い方をした。「あなたは古風なだけよ」

前触れもなく、しなやかな筋肉質の体が凍りつき、浅黒い端整な顔がこわばった。「なんだか昔に戻ったみたいだな」アリスティドがぶっきらぼうに言った。「僕らはおしゃべりのしすぎだ」

もう一言返す前に再び情熱的な口づけを受けたスカーレットは熱を帯びた欲求にまたも火をつけられて耐えられなくなり、彼にしがみつき否応《いやおう》なく腰を浮かせた。アリスティドはスカーレットが忘れたことのないやけどしそうな性急さで彼女の中に分け入り、一突きで奥まで満たした。良心の呵責《かしゃく》を感じさせない飢えが、火の粉さながら彼女の中で燃え広がっていく。灼熱《しゃくねつ》の炎に包まれて、スカーレットは腰を突きあげて彼を受け入れた。これほど気分がよく、必要とされていると感じた覚えがない。荒々しいまでの興奮で骨盤が締めつけられて脈動し、少しして甘美な喜びが炸裂《さくれつ》して官能の嵐に巻きこまれ、まぶたの奥の世界が真っ白になった。

満ち足りた至福の余韻に浸りながら、スカーレットは汗で湿ったベッドに仰向けになった。そう、ふたりは部屋を共有することになったのだ。それが新たな始まりね。彼女は安堵とともに認めた。するとアリスティドが肉食獣を思わせる優雅な動きでベッドから滑りおり颯爽《さつそう》と浴室へ向かったかと思うと、ドア口ではたと振り返った。

「マルテに夕食の支度ができると言われた時間まで……」時計を確認してたじろぐ。「あと十五分しかない。僕は隣の部屋のシャワーを使うよ」

　スカーレットもベッドから飛び起きて一人でシャワーに向かいながら、過去に二人でシャワーを浴びたことをぼんやりと思いだしていた。アリスティドは妙によそよそしく、自分の殻に閉じこもって彼女の姿も目に映っていないかのようだ。

　それとも私は被害妄想に陥って、ありもしない問題を探しているだけ？　なぜアリスティドはあんな態度をとるのだろう？　彼自身がわざわざ二人の親密な関係を取り戻して、もっと普通の結婚生活を送れるようにしたくせに。まさかまたしても、私から手を引こうとしているわけではないわよね？

　頭上で豆電球がきらめくテラスの大きなテーブルに、マルテが夕食を運んでくれた。

　アリスティドはカーキ色のチノパンツに白いリネンのシャツという出《い》で立ちで、スカーレットのもとへ大股に歩いてきた。「明日は自然の中でリラックスできるスパを手配しておいた。そういう場所ならきみも楽しめるだろうから」

　たしかに。でも、つかの間のハネムーンの最中にまたしても貴重な一日を別々に過ごしたくはない。アリスティドは私を避けているの？　それとも私の思い過ごし？

「今になって気づいたけど、私たちは一年近く一緒にいたのにお互いのことをほとんど知らなかったわよね」スカーレットは水を向けた。

アリスティドが皿に目を落とした。「僕らは知るべきことはおおむね全部知っていた」

「そうは思わないわ」穏やかな口調で食い下がる。

「生い立ちを知ってあなたへの理解が深まったもの」

「カウンセラーみたいな口ぶりだな」アリスティドが軽くあしらって彼女のグラスにワインを注ぎ足した。「僕はその手の話はしない主義だ。自分の胸にすべて秘めておくほうが常に一番効果的だから」

「家族の話をすれば、あなたも私のことをもっとわかってくれるかもしれないわ」スカーレットはぽつりとつぶやいた。

「きみは家族に愛されて育ったと聞いた。それ以上どんな話があるんだい？」

「小さいときから、両親に養子にしてもらえたおかげで、私は幸運な少女だと言い聞かされてきたの。成長するにつれ、もし二人に選ばれなかったら、私は孤児院かひどい里親のもとで恐怖に耐えていたはずだと、ことあるごとに思い知らされたものよ」

アリスティドが椅子に深く座って顔をしかめた。力強い顔が引きつっている。「誰だろうと、子供にそんな恩着せがましい言い方をするべきじゃない」

「でも、みんなそうだった。私はいつも両親が望むような娘になる義務を感じていたわ……。もっと冒険好きで率直な実際の自分とは違う娘に」決まり悪そうに言い添えた。「完璧な娘であろうと精いっぱい努力したけれど、両親と同じ考え方はできないし、共通点もなかったから大変だった。生みの母に会うまでは――」

「お母さんに会ったのか？」アリスティドが驚きのにじむ声で問い返した。「いつの話だ？」

「十八歳のとき。母のクリスタルが私に手紙を残していたので会ってほしいと頼んだの。ちょっとがっかりだったわ」苦笑して続けた。「私は継続した関係を求めていたのに、向こうは違った。母は自分のキャリアと子供のいない生活に心から満足していたけど、私の性格は母によく似ていた。母は私以上に強く、自分の考えを自由に話すことを厭《いと》わない人だった。正直なところ、初対面のときに私の年齢がもう二つか三つ上で養父母も他界していたら、母との仲はそこまで悪くならなかったと思うの――」

「僕はそうは思わないな」アリスティドがイタリア訛《なま》りの強い口調で平然と言いきった。

　そっけない一言のせいで会話がすっかり台無しだ。スカーレットは残念に思いながら、代わりに美味な食事に集中した。

　結局のところアリスティドは軽い会話を交わしただけで、スカーレットの不満は高まっていた。彼はいまだに二人の間に立ちこめている過去の雲を晴らすような話をしたくないらしい。その雲は今も間違いなく漂い、彼の険しい面持ちに緊張が刻まれ、緑の瞳に宿る悩ましげな光が雄弁に物語っている。アリスティドは私を許せないのね。スカーレットは悲しい気持ちで認めた。私がルークと結婚して妊娠の事実を黙っていたから許せないのよ。

　アリスティドがついに黙りこんだとき、スカーレットはテラスでグラスを傾ける夫を残して陰鬱な気分で暗闇を見つめていた。

「もう寝室に引きあげる？」気まずいながらもためらいがちに問いかけた。

　アリスティドが振り返って彼女を見ると、非の打ち所のない横顔に漆黒の巻き毛がかかった。「まだよしておこう。ビーチを散歩してから休もうと思うんだ」

　スカーレットは心を痛めながら一人寂しくベッドに入った。

10

午前四時に悪い夢から覚めたスカーレットは、アリスティドが寝床に入った形跡がないのに気づいた。起きあがるとビーチ用のカフタンを頭からかぶり隣室を確かめに行ったが、ベッドは空っぽでシーツも乱れていなかった。家中アリスティドを捜し回ったあと、まだ豆電球に照らされた静かなテラスに出てビーチへ続く階段を慎重におりた。

月明かりに照らされて、アリスティドの白いリネンのシャツと手に持ったテキーラのボトルが見えた。眉をひそめたスカーレットは裸足《はだし》で砂を踏みしめながら近づいていった。「どうかしたの？」心配そうに尋ねる。「あなたらしくないわね。こんなふうにお酒を飲むなんて」

「驚くかもしれないが、実は二年前に二カ月間ずっと祖父みたいに酒におぼれていたんだ」アリスティドがかすれた声で応えた。

「いったい何の話？」

アリスティドが背筋を正したはずみに長く暗い影が落ち、スカーレットは彼の背の高さと広い肩幅に威圧されそうになった。「何でもない」

にべもない態度に、スカーレットは深々と息を吸いこんだ。「ねえ、私だって馬鹿じゃないのよ、アリスティド。これは全部過去のせいでしょう——私がしたことと、しなかったことのせい。今となってはとても後悔しているわ。あなたにもそれを受け入れてほしい。私は罪悪感にさいなまれているの……心から」震えながら涙で声を詰まらせた。「でも過去に戻って自分の行動は変えられない。もう手遅れよ。私に言えるのは謝罪の言葉だけ。本当にごめんなさい――」

ユーモアのかけらもないアリスティドの笑い声が響いた。月光に輝く彼の目は暗く精彩を欠いている。

「きみは自分が何をしたのかわかってないんだろうな？　きみにあげた婚約指輪は……二年半前に買っていたものだ！」

「二年半前？」ずいぶん前の話に唖然《あぜん》として、スカーレットはおうむ返しに繰り返した。

「僕らがまだ一緒にいたころに」アリスティドが言い直して、砂浜にそっと打ち寄せてはしぶきをあげる波間を歩いていった。「実際にプロポーズするまでに至ったかはわからない。自分で言うのも何だが、僕は女性に対してとりわけ慎重な男だから。ただ僕は長く待ちすぎた……少なくとも以前はそう考えていた。きみがウォーカーを選んだのは彼が望みを叶《かな》えてくれたのに、僕は応えられなかったからだと。だが正直、あの日イタリアへ向かう機内で聞かされた僕らの子供についての真実はさらにひどいものだった」

スカーレットは驚いて彼から離れた。アリスティドは二人がまだつきあっていたころ、プロポーズのためにあの指輪を買ったのかしら？　そんなことがありえるの？　もしそれが本当なら、彼の話で私の世界や判断力に対する確信は吹き飛ばされかねない。

「何が言いたいの？　あのころあなたは……私に思いを寄せてくれていたとでも？」スカーレットは半信半疑で迫った。「アリスティド……こっちを向いて話して！」

「僕は酔っているから無理だ」

「そんなことは今関係ないわ」スカーレットは彼のボタンを外したシャツの袖を指で引っぱった。

「僕にとっては重要だ」アリスティドがきっぱりと言いきった。「祖父が酒飲みだったから僕はめったに飲まない。父なんか一滴も口にしないくらいだ」

「二年半……二年半も前からあなたは私に好意を抱いてくれていたの？」

「どう思う？」アリスティドが彼女に質問を突き返した。「僕らは事実上、一緒に暮らしていた。きみが好意と呼ぶような感情もないくせに、僕は女性をそんな不名誉な立場に追いやるようなまねはしない。ただ一点だけ、きみの言うとおりだ……当時、僕が感じていた気持ちをきみには感じたくなかったんだ。なにしろ、十代のころから誰とも恋に落ちたりしないと心に誓っていたから」

「でも……どうして？」スカーレットはとぎれとぎれにささやいた。

「祖父は二度にわたるひどい離婚でアンジェリコ家の財産を使い果たした」

「だけどあなたも前に話してくれたでしょう。おじい様はアルコール依存症で、奥様二人も苦労したと」やんわりと指摘する。「結婚がうまくいかなかったからといって奥様だけを責められないわ」

「常に理性的で頭が冴《さ》えわたっているスカーレット」アリスティドがボトルを掲げて彼女をあざ笑うように敬礼した。「それでも僕がきみに首ったけだったことには気づかなかった……」

スカーレットは顔色を失って押し黙った。「信じられないわ。だってあなたは一緒にいる間も何かにつけて〝二人で来月も一緒にいたら……〟とか〝僕らはどちらかが飽きるまで一緒にいる……〟と言い続けていたから。もちろん飽きるのはあなたのほうだと思っていたけど」

アリスティドが姿勢を変えた。「たしかに祖父の離婚や両親の冷えきった夫婦仲、僕自身の女性との苦い経験、果てはダニエーレを裏切った悪女のせいで女性への信頼はもとより、結婚に対してもすっかり消極的になっていたんだ。それなのにきみが現れて僕の良識は残らず吹き飛んでしまった」

「婚約指輪を買ってくれたのもきっとそのころね。でも驚いたのは……私に渡してくれなかったことよ！」

スカーレットの心は今にも砕けそうで、心の防御壁がことごとく崩れ去る轟音《ごうおん》が聞こえる気がした。あのころ自分がアリスティドを心から愛していたから。実際、彼への愛をとめられなかったからこそ。

アリスティドが苦笑いを浮かべた。「僕はずっと先延ばしにしていた……怖かったんだ。心の準備ができているか自信がなかった。控えめに言っても、二十代での結婚など考えたこともなかったんだ！」

「その後はどうでもよくなったのね。私に失望させられたから」沈黙が続く中、波に足を洗われながら、いつの間にかスカーレットの頬は涙で濡《ぬ》れていた。

「私もすごく怖かった。だから逃げだしてルークと結婚したの」

「そのせいで僕の心は壊れそうになった。打ちのめされたんだ。きみを信じていたから、その後の何カ月かをどうやって生き抜いたかは説明できない。きみも僕を憎からず思ってくれていると信じこんでいたんだ。人生最悪の試練だった……ダニエーレを失ったときよりもひどかった」荒い息をつく。

「それからあなたはお酒で悲しみを紛らわしたのね」スカーレットは惨めな思いで見当をつけた。「今夜初めてここに来たとき、あなたが話していた二カ月間。あれはそのときの話なの？」

アリスティドが暗い海を見つめたまま、ぎこちなくうなずいた。

「僕らのためにこの家も増築したんだ」そっけなくつぶやく。「二人の将来のために。当時の僕はそんなふうに考えていた」

どうしたら私はこの過ちを正せるのだろう？ スカーレットは痛切に思った。何をしようと過去の過ちを変えられないわ。そんな冷ややかな答えが返ってきた。でも二人とも過ちを犯していた。ただアリスティドはそのことに気づいていないらしい。彼は今でもルークとの結婚で私に味わわされた心痛に腹を立て、苦々しく思っている。アリスティドが私を恋しがり、必要として求めていたと考えただけで胸が張り裂けそうだ。ああ、あのとき一目散に逃げだしたりして、なんて馬鹿だったのかしら！

「二人で手にしていたすべてを私は台無しにしてしまったのね」スカーレットは重々しく告げた。取り乱した顔を苦悩の涙が滑り落ちる。「あの指輪をもらえるくらいあなたに信頼されているなんて、わかるわけがないでしょう？　あなたの気も変わったか、もしれないわ。あのころはまだ私を充分に信頼してくれてはいなかったもの。今だって同じ……。でも幸い今は自分が何をしているか知っているからこそ、もっとよく理解できる。あなたが私たちはカップルになれないと言った理由も、イタリアで私から再び身を引いた理由も理解できるわ。ただ私にはそれが敗者のゲームに思えるの、アリスティド……しかも敗者はあなたじゃない」

「何を言いたいんだ？」アリスティドが厳しい声で問いつめた。淡い月光に照らされて高い頬骨がきらめき、りりしい口元を引きしめている。

「何もかも昔の話で二人とも変わってしまった」スカーレットはかすれた声でつぶやいた。「どうして私たちはわが子と一緒に新たなスタートを切れないの？　私はまだあなたを愛している。ずっと愛しているわ。二人で何だって手に入れられたのに、あなたはその機会を私たちに与えようとしない。あなたは私に第二のチャンスをくれず、苦い思いを抱いているから……」

嗚咽《おえつ》で喉が詰まり、スカーレットそれ以上言えなくなった。私はもう力を出しつくしてしまった。悲しげにそう認めた。私はアリスティドを愛していたし、彼もかつて私を愛していたのは一目瞭然だ。肉体的に惹《ひ》かれあう気持ちはあっても、今や彼のほうにはもうそれしか残っていないのかもしれない。二人で結婚生活を維持するためにはもっと多くのものが必要だと認めるのにやぶさかではない。

スカーレットはゆっくりと慎重に階段をのぼり始めた。内心アリスティドに追いかけてきて先ほどの挑戦や誘いに乗ってほしくてたまらなかったのに、一人で寝室にたどり着いてしまった。ドアを閉めてカフタンを脱ぎ捨てるのもそこそこに、足についた砂を気にもせずベッドに入って思い切り泣いた。もしも私がもっと強く自信にあふれて直感も鋭かったら、彼が不信感や警戒心を抱いていなかったら、どうなっていただろうと考えながら。

三十分後、寝静まった部屋をそっとのぞいたアリスティドはスカーレットの頬についた涙の跡を見て吐息をつき、部屋をあとにした。夜明けで空が白み始めている。そのまま即席のオフィスに入り電話をかけて予約をキャンセルするなど手配を始めた。その間もなぜ今までスカーレットが自分よりずっとタフだと気づかなかったのか不思議に思わずにいられなかった。スカーレットは小柄だが芯が強く、どこまでも粘り強い女性だ。

スパへの送迎車が来る前に朝食のため起こしに来てくれたマルテから、アリスティドが一時間前に床についたばかりだと聞かされたスカーレットは無理に笑顔を作った。明日、二人は空路帰国の途に就く。家に帰れば、周囲のみんなのためにお互いことさら礼儀正しく接するのは間違いない。乗り越えられるから大丈夫。スカーレットは力強く自分を励ました。一度アリスティドを失っても生きのびたのだから。また乗り越えられるはず……いずれは。でもそのとき、前夜アリスティドに二人の間に起こりえた可能性を残酷に告げられたのを思いだし、胸がよじれそうな気がした。

スパで望んでもいない極上のトリートメントを受けて爪の先まで手入れをしてもらい自分が最高の状態だと自覚しつつも気分は晴れず、スカーレットは作り笑いの練習をしながら別荘まで送ってもらった。

男性に愛を告白したのに、人前で恥ずかしい言葉を口にした愚かな子供のように無視されてしまうなんて。これほどばつが悪い話はないわ。プライドを捨てて説得に努めたが、悲しいかな、アリスティドは私の愛情を勝ち取るために努力するつもりなどなかったのだ。そう、アリスティドはクールで洗練され、誇り高く辛辣でいようとするがあまり、私が気づいたように二人が今も互いのものだとわからないのよ。

スカーレットが足早に寝室に引きあげるとマルテから夕食の支度が整ったと知らせがあったので、服を脱いでドレッシングルームに入り、青リンゴを思わせる緑色のロングドレスを選んだ。人の過ちを許そうとしないアリスティドの不毛な人生からしっぽを巻いておとなしく身を引く必要はない。むしろ華々しく立ち去ろう。そう決めて、鎧《よろい》のごとくサファイアとダイヤモンドのジュエリーで身を固めた。かつて彼女をどれほど大切にしていたかアリスティドに思いださせるための見え透いた作戦だ。まぶたの裏がちくちくして、スカーレットは勢いよく瞬《まばた》きして涙を振り払った。過去のせいで泣くのはもうやめようと決めたのだから。アリスティドはプラトニックな関係を望んでいたの？　別居婚を望んでいたのかしら？　たしかに、あの人は喜んでプラトニックで礼儀正しくしようとしていたけれど！

マルテが用意してくれた夕食の席は豪華だった。テーブルクロスにまいた花びらと何本もの輝くキャンドルの明かりで食卓は絵のように美しい。足を踏み入れた瞬間、スカーレットは緑色の視線に射抜かれた。アリスティドがはじかれたように立ちあがり、彼女の椅子を引いてくれた。

「今夜のきみも実にきれいだ」開口一番、彼が褒め言葉を口にした。「食事を始めよう」

そのときふと、まるで特別な晩餐《ばんさん》の席であるかのごとく正装したアリスティドに気づき、スカーレットは不安を押し殺した。タキシードに細身の黒いズボンがしなやかな筋肉質の長身をいっそう引き立てている。こわばった頬骨の線と情熱的な口元に刻まれたしわだけが彼の緊張を物語っていて、スカーレットは気を引きしめた。

「さてと」アリスティドがワインを注《つ》ぎ、彼女に最初の皿を渡しながら切りだした。「スパは楽しめたかい？」

「ええ」言葉とは裏腹に、スカーレットは口をへの字に結んでご馳走《ちそう》を皿に盛った。「ゆっくりできたわ」

「二人で夜中に話してから自分の本質についていろいろと学んだんだ」アリスティドがことさら真剣な口ぶりで話しだした。「あまりに感情的で気性の強い僕は幸い、亡くなった双子の弟のように不安定なところがみじんもない。でも気が滅入《めい》ると、不幸のどん底に落ちこむ傾向がある。ただ昨夜きみがそんな僕を元に戻してくれた。癒やしてくれたとでも言おうか」

スカーレットはなめらかな額にしわを寄せておいしい料理をフォークでもてあそんだ。「何が言いたいの？」

「僕はかつてきみを失い、それを心底後悔して生きてきた……今となっては僕らの仲を裂くものは何一つ許すつもりはない。少なくとも僕自身の欠点のせいなら許さない」

「でも、あなたはまだ怒っているから――」

「もう怒ってはいない」すかさず断言した。「ゆうべ目が覚めたんだ」

「苦々しい思いは?」スカーレットは当惑のあまり眉をひそめた。

「僕が怒って苦々しい思いを抱いていても、とあるすばらしい女性がそれでもまだ僕を愛していると告白してくれてから、きれいさっぱりなくなってしまった。とても勇敢なその女性は、僕が彼女との二度目のチャンスをぶちこわしてもなお愛してくれた。僕が犯した過ちにもかかわらず、それでも僕を愛してくれたんだ」アリスティドがきっぱりと言った。明るいが不安そうな緑の瞳が彼女の小刻みに震える顔に注がれている。「信じられないかもしれないが、僕はどんなに怒って苦々しい思いを抱いていても、それでもなおきみを愛していた」

「その言葉を受け入れるのは難しいわ」スカーレットはおぼつかない声でつぶやいた。

「きみが独身に戻ったと知った瞬間、会わなければと思った。でも葬式では会いたくなかった。きみは他の男の死を悲しんでいるに違いない。だから追悼式までは会わないようにしたんだ。僕はただ終わりにしたいだけだと自分を納得させていた」

スカーレットは不思議そうな目で彼を見つめた。

「きみから他に何を望んでいるのか、僕は自分に考える暇を与えなかった。それでも本当の動機にはうすうす勘づいていた。きみを僕の人生に取り戻すための最初の口実を思いつき、誕生日パーティーに来てほしいと頼んだ。イタリアでの最初の朝には、きみの薬指に指輪をはめる決心をしていた」アリスティドが思いを吐露した。「たしかに双子の存在を知ったせいで怒りと苦々しい思いを抱いたかもしれないが、それでも指輪を受け取ってもらうために、あらゆる口実を使ってきみへの説得をあきらめなかっただろう。そこを忘れないでほしい」

「あなたはとても口がうまかったわ」スカーレットは食事を続けようとしながらも気分が高揚して、のみこむのに苦労した。

「その後ついにベッドをともにして僕は……パニックになった。まだきみに夢中だと知られたくなかった。たとえその時点で自分の気持ちが筒抜けだと確信していても」

「いいえ。あなたはうまく隠していたわ」その点は認めざるをえない。「その後、私たち親子にあなたの家に越すよう頼んだ」

「きみにそばにいてほしいがあまり、早すぎるとわかっていても頼むしかなかったんだ。ところが母がきみを追ってきたとき、僕の心に火がついた。どんな脅威であれ、きみと二人の子を守るためなら僕は何でもしただろう」

「それに気づいたからこそ、あなたを信頼して結婚したのよ」アリスティドがテーブル越しに手をのばしてきて彼女と指を絡ませた。胸にあたたかな光がともり、スカーレットはにっこりした。アリスティドがついに自分のものになると受け入れ、信じられるようになったせいだ。

「でも、いったいなぜ偽装結婚にこだわったの？」

「また傷つきたくなくて自分を守ろうとしたのさ。きみに抵抗できると自分を励ましてきたけれど無理だ」ため息をつく。「僕はきみに抵抗できたためしがない。ついでに言えば、ルークと逃げたことを責める気ももはやない」

「本気？」スカーレットは面食らって息をのんだ。

「前の交際中、僕はわざときみをはらはらさせていたんだ」アリスティドがしぶしぶ白状した。「不安のあまり、自分の気持ちについて本音を言えなかった。誤った希望を抱かせたくないから、きみの期待をあおらないようにしていると自分に言い聞かせていたんだ。皮肉なことに、きみがルークとの結婚をメールで報告してきた日、僕はきみへの愛が百パーセント本物だとはっきり気づいた――」

目頭が熱くなり、スカーレットは涙ぐみそうになった。「私はあなたをひどく傷つけてしまったのね。あのときは自分があなたにとってそんなに大切な存在になれるとは思わなくて。恋人未満の気軽なガールフレンドにすぎず、それ以上の存在にはなれないと受け入れていたの。あなたは望まないと思いこんでいたから妊娠の責任を負わせたくなかった……それにルークが私の赤ちゃんを望んでくれたし」

「あのメールの件できみと向き合わなかったとき、僕は人生最大のミスを犯した。プライドが高すぎたんだ。それどころか、僕とつきあいながらルークと二股をかけていたに違いないと思いこもうとした。プライドと怒りと嫉妬が何よりも大切なよりどころだったせいで、きみから離れたのさ。やっときみが双子の存在を打ち明けてくれたときには頭の中が真っ白になるほどのショックを受けた」

「わかってるわ。でもあなたは一生懸命対処しようとしてくれた」スカーレットはやさしく慰めた。

「僕は対処しようとしたとも、しなかったとも言える。手に入れたものよりも、失ったものにとらわれていたんだ」アリスティドが悔しそうに胸の内を明かした。「わが子の存在を知ったのはある意味、平手打ちを食らったようなものだった。二年前どちらかが勇気を出して相手に真実を話していれば、ルークがいなくても僕らはハッピーエンドを迎えられたのだから」

「そんな角度から考えたことはなかったけど、たしかにそうね。もしあのとき私が妊娠を認めていたら、あなたは自分が父親候補だと知ったショックを乗り越えたあと私に愛を告白してくれたかもしれない」

今更ながらどんなに悔やんでも悔やみきれない。

「だから今こそ僕は二年前に勇気を出してやるべきだったことをしよう」アリスティドが宣言して彼女の手を取って立たせた。

スカーレットは困惑しながらも自分の前で片膝をつく彼を見守っていた。「何をしているの？」

「僕と……もう一度、結婚してくれないか？　うっとりするほど美しい純白のドレスを着て教会できちんと。僕はきみからもう充分すぎるほど奪ってきたから、この和解を明るく前向きな形で始めたいんだ」

「だけど二回も結婚はできないわ――」

「たしかに無理だが、祝福はしてもらえる。最初の結婚式ですべきだった形で、列席する友人全員に二人の結婚を見届けてもらおう」

スカーレットは満面の笑みを浮かべた。きらめく陽光のように幸せで舞いあがりそうな心地だ。「次は本当のハネムーンに行けるの？」

アリスティドがうめき声をあげた。「実は教会での祝福に先駆けてハネムーンを用意したんだ。今朝一番にイーディスとトムに電話をして、双子やナニーと一緒に飛行機でここへ飛んできて明日、合流してほしいと頼んでおいた。トムは職場のパートナーに話して二週間の休暇をもらったから手はずはすべて整っている。僕もスケジュールを再調整したし、きみはすでに自由の身だ。この家を増築しておいて幸いだったよ」

スカーレットは驚きと興奮のあまり両の腕を振り回した。「明日イーディスやトム、ローマとアリスも一緒に来るのね？　ああ、なんてすばらしいニュースなの……まるで家族旅行のよう！」

「つまり僕が裸のきみを家中追いかけ回す気なら、まだ二人きりの今夜しかないというわけさ」アリスティドがいたずらっぽく指摘した。

「ビーチで会いましょう」スカーレットは彼の首に

手を回して頭を引き寄せた。「これからも先も巻き毛をカットし続けるつもりなんでしょう？」

「そうだ……その点については嘘《うそ》をつかない」楽しそうに断言する。

「五分だけちょうだい」スカーレットの誘いを受け、アリスティドが彼女を抱き寄せて飢えたように情熱的なキスをしてくれた。

「そのジュエリーを全部外すには僕の助けが必要だろう」

スカーレットは笑い声をあげた。「今すぐ寝室についてくるためなら、あなたはどんな口実でも使う気なのね」

「男は自分の弱点を心得ている女性としか結婚したらだめなのさ」

スカーレットはわが物顔で彼女を抱こうとした彼の手をつかんだ。「弱点なんかじゃないわ。そのおかげであなたは自分の気持ちを抑えるのをやめて、今夜本音を分かちあえるようになったんですもの。ゆうべの私は勇敢だったから今夜はあなたの番だったのよ」

「今朝もう少しできみを起こして、大胆な発言で僕を正気に戻してくれた礼を言うところだったんだ」

「そうしてほしかったわ。私は悩みに悩んだ末、後悔にさいなまれて悲惨な一日を過ごしたんですもの」

「仕方がなかったんだ。明日の朝食の席にみんなで集い、きみを驚かせたかったから」アリスティドが正直に打ち明けた。「どうもあまりうまくいっていないが、僕は誤解ばかりで申し訳なかったと謝ろうとしているんだ。僕もきみを愛することをやめた覚えはない。ルークと結婚したと聞いてから、きみのせいで性欲までなくなってしまった」

「今なんて？」小声で問いかけたスカーレットはアリスティドにネックレスを外してもらう一方、自分でイヤリングを外した。

　アリスティドが彼女のドレスのファスナーをおろした。「きみと出会ってから他には誰とも一線を越えてはいない。だからイタリアであんなふうにころりときみに参ってしまったのかもしれないな」少々、弁解がましくつぶやく。

　スカーレットは目を見開いて振り向いた。「正直……」

「きみとの関係で燃えつきてしまい、やがて気軽な関係はもう卒業したとわかった。きみが僕の人生に戻ってくるまで、ぴったり合う女性は誰一人いなかったんだ」

「あなたはパーティーの招待状にかこつけて私を自分の人生に戻した。それで私は双子の件で罪の意識に駆られて打ち明ける潮時だと判断したの——」

「その代わりに僕らは裸になってすばらしいひとときを過ごした」よこしまな笑みを浮かべたアリスティドにからかわれると、スカーレットはドレスをベッドに投げてハイヒールの靴も脱ぎ捨ててから三年近く前にビーチで着ていたワンピースを取りにドレッシングルームへと急いだ。「そこまで待てない」アリスティドが彼女の手からワンピースを取りあげて抱き寄せた。「今夜は何度も繰り返し、きみと愛しあいたい」

「ずいぶんと意欲的なのね」スカーレットがジャケットの下の筋骨たくましい体に手を滑らせると、その手を彼に引き離された。

「いつだってそうさ。それにすごく興奮してる」荒々しくも低い声で思いの丈をぶつけた。「愛してるよ、スカーレット。きみを心から愛しているから絶対に放さない」

「私も愛しているからあなたも逃げられないわよ」ささやき声で返すスカーレットをアリスティドがベッドに寝かせてから唇を重ねたので、会話は自然に途絶えた。

　キスの合間にスカーレットは思いを巡らせていた。アリスティドは私を島に連れ戻すことで、元の幸せを取り戻そうとしていたのだ。今もまだ私を愛しているという事実を完全に受け入れる前から、かつて二人でともに手にしていたものを取り戻そうとしていたのだ。そして今初めて、互いの間で完全に認めあった愛情が山火事のごとく燃えあがり、新たな自信にあふれ、幸せいっぱいの二人を結びあわせてくれたんだわ。

　しばらくのち二人は、マルテと娘たちに翌朝、到着予定の家族の部屋を準備する時間をあげるべくビーチに退散した。遅めの夕食をつまんだあと浅瀬で生まれたままの姿で泳いでから、びしょ濡れの体で笑いながら階段を駆けあがって部屋に戻った。最後まで思い出に浸るよりも、快適で豪華な部屋のほうがずっといいに決まっている。

「もう一人赤ん坊がほしいな……いつか」アリスティドの率直な告白にスカーレットは驚いて目をぱちくりさせた。

「たぶん来年ね」そう約束してエメラルドグリーンの瞳をのぞきこむと、そこにはいつか受け取りたいと願い続けていた愛と感謝が残らず映しだされていた。

「きみは本当に驚くほどすばらしい人だ」アリスティドが感謝をこめてスカーレットを称《たた》えた。

エピローグ

あれから三年後、スカーレットはまだ目立たないおなかのふくらみをドレスの上からなでおろした。二回目の妊娠は五カ月に入っていたが、幸い今回はおなかの子は一人なので体型は見事に小柄なままだった。ローマとアリスには弟ができ、アリスティドの祖父にちなんでルカと名付ける予定だ。

結婚三周年記念の今日はドミニカ旅行に先立ち、ロンドンで豪華なお祝いのディナーを予定していた。ドミニカでは夫婦水入らずリラックスして楽しむつもりだ。もっとも、スカーレットはすでにアリステイドにハイキングは論外だから忘れてほしいと釘《くぎ》を刺しておいたけれど。

第三子の妊娠に大喜びのアリスティドは健診にも毎回つき添い、あらゆる面で熱心にサポートしてくれた。まさにすばらしい父親で、実の父がいい手本でなかったことを考えると賞賛に値した。

リッカルド・アンジェリコはしだいに息子家族の生活の一部になりつつあった。リッカルドはイーデイスやトムともとても仲がよく離婚以来、長男と腹を割って話せるようになっていた。アリスティドは亡き双子の弟とともにエリザベッタのせいで耐え忍んできた生活を正直に打ち明けるしかなくなり、それを聞いたリッカルドの衝撃と落胆も父子が理解を深めあうのに大いに役立った。

エリザベッタはアリスティドとスカーレットにイタリアでの教会式への出席を断っていた。元はといえば、スカーレットが招待状を送ると言い張ったとはいえ、姑《しゅうとめ》に断わられてもさほどがっかりしなかった。一同は新郎の母親抜きで祝宴をあげ、すばらしい一日を楽しんだ。しばらくして離婚直後にエリザベッタが病に倒れたときには、スカーレットもどう対応すればいいのか途方に暮れた。

　ことあるごとに争った離婚のストレスでエリザベッタは健康を害していたのだ。姑が心臓発作を起こしたと聞いたスカーレットは、あくまで息子を服従させるためのデマだと言って譲らないアリスティドを説得して見舞いに行った。残念ながら心臓手術の甲斐《かい》もむなしく、数週間後に予期せぬ合併症でエリザベッタはこの世を去った。

　アリスティドは病院に見舞って母親と和解するよう説得してくれたスカーレットに心から感謝していた。弟の代わりに和解して過去から立ち直り、母親を避けたいという気持ちを克服したのだ。一方、エリザベッタは全財産と宝石類を長男に遺《のこ》していた。母親に相続人から排除されたと思っていただけに、これにはアリスティドも面食らった。


　四歳になった双子はおしゃべりが大好きで幼稚園に通い始めていた。ローマが『ジャックと豆の木』の豆の木よろしくどんどん成長する一方、アリスは小さなままだ。生粋のおてんば娘で、サッカーに夢中のローマよりもアリスのほうが一枚上手だった。

　スカーレットはもう学校で働いていなかった。身重の体での勤めにくたびれ果ててわが子や夫の世話がおろそかになり、退職したのだ。

　アリスティドが寝室のドアから入ってきて声をかけた。「てっきり今夜は丈の短いドレスだと思っていたのに――」

「最近は着ていなくて。長いドレスのほうがむくんだ足首を隠せるから」

　顔をしかめたアリスティドが妻に両腕を回して抱きしめた。「きみは何を着てもほれぼれするほど美しい。だけど、もうちょっと気楽な――」

「暑さのせいもあるわ」

「ドミニカはもっと暑いぞ」夫がやさしく釘を刺す。

スカーレットは夫の上着の下の厚い胸板を慈しむように両手を滑らせた。「そうよ。今から裸で泳ぐのが楽しみ――」

「妊娠中は無理だ」アリスティドが妻のふくらみかけたおなかに触れた。「このふくらみを目にしていいのは僕だけだから」

「なるほど、あなたらしいわね。こうして妊娠させてから私の行動を制限し始めるなんて――」

「全部が全部じゃない」アリスティドが人の悪い笑みを浮かべてセクシーな目で眺め回したので、彼女の骨盤が熱を帯びた。「僕が裸で泳ぐから、きみは眺めているといい――」

「約束よ……絶対ね」スカーレットはからかいながらぬくもりと愛情に満ちた目で夫を見あげた。いともやすやすと抱きしめてもらえてうれしい。これも双子が彼に愛情の大切さを教えてくれたおかげだ。

「心から愛してるよ、愛しい人《カーラ》」アリスティドが思わず爪先を丸めてしまうほどじっくりと長いキスをしてから再び顔をあげた。「イーディスとトムが到着して、子供たちを庭に連れだしてくれた」

「もしかしてチャンス到来？」スカーレットはささやいた。

「残念ながら違う……。分別のある大人として僕らも夕食の前に外で食前酒につきあわないと……。だが、あとできみを大いに幸せな女性にしてあげよう」

「もうとっくに、とても幸せな女よ」

「もっと幸せになる余地は常にある。きみがそれを教えてくれたんだ」

スカーレットはにっこりして夫の両手を握った。

「愛してるわ、ミスター・アンジェリコ」

「僕がきみを愛している半分も愛していないと思うけどな」アリスティドが満足げに請けあった。

ハーレクイン®

億万長者は天使にひれ伏す

2024年5月5日発行

著　　者　　リン・グレアム
訳　　者　　八坂よしみ（やさか　よしみ）

発 行 人　　鈴木幸辰
発 行 所　　株式会社ハーパーコリンズ・ジャパン
東京都千代田区大手町 1-5-1
電話 04-2951-2000（注文）
0570-008091（読者ｻｰﾋﾞｽ係）

印刷・製本　　大日本印刷株式会社
東京都新宿区市谷加賀町 1-1-1

造本には十分注意しておりますが、乱丁（ページ順序の間違い）・落丁（本文の一部抜け落ち）がありました場合は、お取り替えいたします。ご面倒ですが、購入された書店名を明記の上、小社読者サービス係宛ご送付ください。送料小社負担にてお取り替えいたします。ただし、古書店で購入されたものについてはお取り替えできません。®とTMがついているものはHarlequin Enterprises ULCの登録商標です。

この書籍の本文は環境対応型の植物油インクを使用して印刷しています。

VEGETABLE OIL INK

Printed in Japan © K.K. HarperCollins Japan 2024

ISBN978-4-596-53995-3 C0297

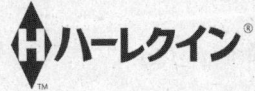

ハーレクイン・シリーズ 5月5日刊 発売中

ハーレクイン・ロマンス

愛の激しさを知る

独りぼっちで授かった奇跡	ダニー・コリンズ／久保奈緒実 訳	R-3869
億万長者は天使にひれ伏す 《純潔のシンデレラ》	リン・グレアム／八坂よしみ 訳	R-3870
霧氷 《伝説の名作選》	ベティ・ニールズ／大沢　晶 訳	R-3871
ギリシアに囚われた花嫁 《伝説の名作選》	ナタリー・リバース／加藤由紀 訳	R-3872

ハーレクイン・イマージュ

ピュアな思いに満たされる

生まれくる天使のために	タラ・T・クイン／小長光弘美 訳	I-2801
けなげな恋心 《至福の名作選》	サラ・モーガン／森　香夏子 訳	I-2802

ハーレクイン・マスターピース

世界に愛された作家たち
～永久不滅の銘作コレクション～

情熱は罪 《特選ペニー・ジョーダン》	ペニー・ジョーダン／霜月　桂 訳	MP-93

ハーレクイン・ヒストリカル・スペシャル

華やかなりし時代へ誘う

路地裏をさまよった伯爵夫人	アニー・バロウズ／琴葉かいら 訳	PHS-326
ふたりのアンと秘密の恋	シルヴィア・アンドルー／深山ちひろ 訳	PHS-327

ハーレクイン・プレゼンツ作家シリーズ別冊

魅惑のテーマが光る
極上セレクション

秘密の妻	リン・グレアム／有光美穂子 訳	PB-384

※予告なく発売日・刊行タイトルが変更になる場合がございます。ご了承ください。

5月15日発売 ハーレクイン・シリーズ 5月20日刊

ハーレクイン・ロマンス

愛の激しさを知る

幼子は秘密の世継ぎ	シャロン・ケンドリック／飯塚あい 訳	R-3873
王子が選んだ十年後の花嫁 《純潔のシンデレラ》	ジャッキー・アシェンデン／柚野木　菫 訳	R-3874
十万ドルの純潔 《伝説の名作選》	ジェニー・ルーカス／中野　恵 訳	R-3875
スペインから来た悪魔 《伝説の名作選》	シャンテル・ショー／山本翔子 訳	R-3876

ハーレクイン・イマージュ

ピュアな思いに満たされる

忘れ形見の名に愛をこめて	ブレンダ・ジャクソン／清水由貴子 訳	I-2803
神様からの処方箋 《至福の名作選》	キャロル・マリネッリ／大田朋子 訳	I-2804

ハーレクイン・マスターピース

世界に愛された作家たち
～永久不滅の銘作コレクション～

ひそやかな賭 《ベティ・ニールズ・コレクション》	ベティ・ニールズ／桃里留加 訳	MP-94

ハーレクイン・プレゼンツ作家シリーズ別冊

魅惑のテーマが光る
極上セレクション

大富豪と淑女	ダイアナ・パーマー／松村和紀子 訳	PB-385

ハーレクイン・スペシャル・アンソロジー

小さな愛のドラマを花束にして…

シンデレラの小さな恋 《スター作家傑作選》	ベティ・ニールズ 他／大島ともこ 他 訳	HPA-58

文庫サイズ作品のご案内

◆ハーレクイン文庫……………毎月1日刊行
◆ハーレクインSP文庫…………毎月15日刊行
◆mirabooks………………毎月15日刊行

※文庫コーナーでお求めください。

Harlequin 45th Anniversary

祝

ハーレクイン 日本創刊 45周年！

大好評！！

巻末に 特別付録 付き

～豪華装丁版の特別刊行 第4弾～

ヘレン・ビアンチンの 全作品リスト一挙掲載！ 著者のエッセイ入り

「純愛を秘めた花嫁」

「一夜の波紋」… ヘレン・ビアンチン

つらい過去のせいで男性不信のティナは、ある事情からギリシア大富豪ニックと名ばかりの結婚をし、愛されぬ妻に。ところが夫婦を演じるうち、彼に片想いをしてしまう。

「プリンスにさらわれて」… キム・ローレンス

教師プルーの自宅に侵入した男の正体は、王子カリムだった！
妹が彼女の教え子で、行方不明になり捜索中らしく、
彼は傲慢に告げた。「一緒に来なければ、君は後悔する」

「結婚はナポリで」… R・ウインターズ

母が死に際に詳細を明かした実父に会うため、
イタリアへ飛んだキャサリン。そこで結婚を望まない
絶世の美男、大富豪アレッサンドロと出逢い、
報われぬ恋に落ちるが…。

5/20刊

※表紙デザインは変更になる可能性があります

(PS-116)